突 破 认 知 的 边 界

人间清醒

淡看人间二三千事

[日]中川越 —— 著

王兆天 —— 译

光明日报出版社

图书在版编目（CIP）数据

人间清醒：淡看人间三千事/（日）中川越著；王兆天译．——北京：光明日报出版社，2023.10
　　ISBN 978-7-5194-7530-7

Ⅰ．①人… Ⅱ．①中… ②王… Ⅲ．①随笔—作品集—日本—现代 Ⅳ．① I313.65

中国国家版本馆 CIP 数据核字 (2023) 第 193173 号

SUGOI IIWAKE!: FUTAMATAGIWAKU WO KAKERARETA RYUNOSUKE, ZEI WO GOMAKASOUTOSITA SOSEKI by NAKAGAWA Etsu
Copyright © Etsu Nakagawa 2019
ALL RIGHTS RESERVED.
Original Japanese edition published in 2019 by SHINCHOSHA Publishing Co., Ltd.
This Simplified Chinese language edition published by Beijing Land Of Wisdom Press Co., Ltd. arrangement with SHINCHOSHA Publishing Co., Ltd., Tokyo in care of Tuttle-Mori Agency, Inc., Tokyo through Inbooker Cultural Development (Beijing) Co., Ltd.
著作权合同登记号　图字：01-2023-4685

人间清醒：淡看人间三千事
RENJIAN QINGXING: DANKAN RENJIAN SANQIANSHI

著　　者：[日] 中川越	
责任编辑：谢　香　孙　展	特约编辑：张芮宁
责任校对：徐　蔚	责任印制：曹　净
封面设计：见　白	翻　　译：王兆天

出版发行：光明日报出版社
地　　址：北京市西城区永安路 106 号，100050
电　　话：010-63169890（咨询），010-63131930（邮购）
传　　真：010-63131930
网　　址：http://book.gmw.cn
E - mail：gmrbcbs@gmw.cn
法律顾问：北京兰台律师事务所龚柳方律师
印　　刷：河北文扬印刷有限公司
装　　订：河北文扬印刷有限公司
本书如有破损、缺页、装订错误，请与本社联系调换，电话：010-63131930
开　　本：146mm×210mm　　　　　　　印　张：7.5
字　　数：173 千字
版　　次：2023 年 10 月第 1 版
印　　次：2023 年 10 月第 1 次印刷
书　　号：ISBN 978-7-5194-7530-7
定　　价：49.80 元

版权所有　翻印必究

序言

"我对此丝毫没有印象,所以无法回答""这是我秘书做的事情,我也不能插手太多""十分抱歉让您误会了"……当大家听到这些解释的时候,是觉得解释得十分巧妙,还是认为这些解释无比狡猾呢?无论如何,解释与借口总能成为大众媒体争相报道的对象。

从古至今,无论哪个时代,无论是政治界、经济界,还是娱乐圈、体育界,都存在"找借口"的现象,甚至包括我们家人在内的整个人世间都充满着解释与借口。

有一次,我送给三岁的孙女一块"面包超人"的巧克力,并告诉她只有到下午三点的零食时间才可以吃掉。但是她趁我稍不注意便自作主张地撕开了包装。面对我的询问,她狡黠一笑,辩解道:"难道是妖怪捣的鬼?!"其实,这种极其幼稚的借口并不少见,甚至可以说充斥了大街小巷。

说到底,找借口就是一种为自己辩解、开脱的行为。通过辩解、说明,让自己从犯错之后的窘境及他人的谴责之中逃离,这就是为自己找借口。为自己找借口通常是为了粉饰自身,因此经常被看作是可悲且不齿的。

几年前,"真男人话不多说一口闷"这句广告语曾红极一时。它隐含着说一不二、不推诿、不躲避的品质，迎合了人们的追求，因此广为传播。

不过，高水平的表达会赋予借口新的内涵。

从古至今的作家们便是生动的例子。从他们的书信中，我们可以看到异想天开、痛快淋漓、空前绝后的解释与借口，我也将这些生动的例子收录到了本书中。

在此，以夏目漱石写给朋友的明信片为例进行简单的分析。夏目漱石37岁的时候，一度沉迷于在明信片上作画，然后寄给自己的朋友。

昨日与君明信片/孰知小童忘贴票/必得劳烦亲自付/然而细想也不亏/一来收到明信片/二来十钱❶获名画/唾手可得赛杜鹃/如此说来非我错/君也无须来致谢

意思是——"昨天，我家幼子帮忙投递明信片，但是一时疏忽，忘记为明信片贴上邮票。这样一来你收到明信片的时候恐怕要自己付邮票钱，我实在是过意不去。不过我寄给你的明信片上的画作既可以助你身心愉悦，又可称得上一幅名画，因此你也无须在意自掏腰包付

---

❶ 日本从明治三十年（1897年）到昭和十二年（1937年）期间，实行金本位制，以1日元（圆）=0.75克纯金为标准来确定新铸币的价值；新铸币以圆、钱、厘为单位，共有9种面值，其中，金币3种（二十圆、十圆、五圆）、银币3种（五十钱、二十钱、十钱）、铜币3种（五钱、一钱、五厘）。此"十钱"，即面值十钱的银币。——译者注

了十钱邮票钱"。

这封道歉信虽然简短,但是作者巧妙地利用了两个借口并自作俳句为自己开脱。

第一,忘记贴邮票是小孩子马虎,而非自己故意而为之;第二,你只需花费十钱便可以收获一张名画,反而在某种程度上应该对我表示感谢。

将错误推到小孩子身上是司空见惯的借口,但是在为自己开脱的同时还能让人感谢自己却是极为鲜见的。对方看到这一解释一定会啼笑皆非。而且夏目漱石的画作朴实无华,绝非名画,看到夏目漱石对自己画作的描述,他的朋友一定会捧腹大笑。

在夏目漱石的解释中,先是按照常理略表歉意,然后突然反转,"强行"让朋友感谢自己,通过这种幽默来得到朋友的原谅,这正是他特有的奇思妙想。

人只有陷入困境才会为自己解释,人只有走投无路时才会暴露自己的本来面目,因此大文豪的解释中也隐藏了最纯真的自己。

我在创作本书的过程中,意外地发现这些大文豪在为自己解释的时候流露出来的形象与人们印象中的形象截然不同,这种新鲜的感受让我无比兴奋。在这本书中,夏目漱石不再是严谨刻板的教书先生,而是风趣幽默的普通人;中原中也不再是悲情诗人,而是语言功底超群的即兴表演家;太宰治不再是"气弱"[1]的作家,而是用极大的勇

---

[1] 日本作家三岛由纪夫曾评价太宰治:"太宰治'气弱',人也很讨厌。"——译者注

气向出版社预支稿酬的人。

  了解到这些大文豪的另一面之后，带着这种新鲜的感受重新拜读他们的作品，仿佛这些作品拥有了新的能量，栩栩如生。

  希望各位读者可以借助本书获得灵感，一来帮助自己在困境中更好地为自己解释，二来通过重新认识这些大文豪来更好地理解他们的作品。

目录

第一章 当出现感情危机时
把认真留给值得的人

芥川龙之介　深陷绯闻风波，拼命否认、力证清白 | 003

小林多喜二　心有余而力不足，恋人境遇悲惨却无力帮助 | 007

寺山修司　克制欲望，绝不抢夺朋友妻 | 011

谷崎润一郎　沉迷道歉游戏，无法自拔 | 015

八木重吉　煞费苦心编造理由，只为拥有心上人美照 | 019

第二章 当生活窘迫时
日升月落，总有黎明

武者小路实笃　我行我素，求人借钱也任性 | 025

佐藤春夫　写信交涉稿酬，字字句句苦心经营 | 029

若山牧水　柔中带刚，为筹学费"胁迫"他人 | 033

菊池宽　自吹自擂，申请公费游学心安理得 | 037

太宰治　写信预支稿酬，精准用词打消对方顾虑 | 041

宫泽贤治　撒娇啃老，央求父亲为自己游学买单 | 045

目录

第三章 当回信礼数不周时
生活难得碎碎念念

吉川英治　礼数周全，稍显疏忽便真诚道歉 | 051

中原中也　未能及时回信，却抱怨书信不便 | 055

太宰治　拿状态遮掩，在信中乱写一通 | 059

室生犀星　宁可道歉，也要坚守写作风格决不让步 | 063

横光利一　信中拼命否认，力证自己绝非工于心计之人 | 067

福泽谕吉　自我认知明确，邀请函中不打自招 | 071

芥川龙之介　行事谨慎，若书信潦草则先行道歉 | 075

第四章　当不想提供帮助时
一切都是最好的安排

高村光太郎　拒绝为他人作序，否定序言存在的必要性 | 081

谷崎润一郎　自己感情生活不顺，面对弟弟的感情咨询哑口无言 | 085

藤泽周平　谨言慎行，甘愿隐姓埋名 | 089

岛崎藤村　拒写悼词，声称追思故人另有他法 | 093

森鸥外　文武双全却不善书法，面对他人求字只能婉拒 | 097

第五章 当行为举止失礼时
你我皆凡人

山田风太郎　好心办坏事，过于大意反而出卖同伙 | 103

新美南吉　惹前辈生气，反省中又夹杂一丝辩解 | 107

有岛武郎　擅自为朋友报名画展，事后只得真诚道歉 | 113

若山牧水　未能及时回信，理由别出心裁令人啼笑皆非 | 119

石川啄木　疏于问候恩人，写信道歉理由清奇 | 123

尾崎红叶　写感谢信顾虑重重，生怕对方误解为变相索要 | 127

太宰治　惹怒好友写信认错，态度诚恳令人佩服 | 131

寺田寅彦　惧怕"飞镖效应"，提前为自己准备后路 | 135

第六章 当各路文豪拖稿时

以欢喜之心慢度日常

川端康成　未能按时交稿，道歉理由也充满诗意｜141

泉镜花　拖稿道歉信非同一般，美如散文成功奏效｜145

志贺直哉　无心创作，理由完美难以反驳｜149

三岛由纪夫　托川端康成作序，致谢信用词失礼不失温度｜153

正冈子规　另类卖惨，成功收获同情｜157

太宰治　看重信任陷入困境，是否交稿犹豫不决｜161

德富芦花　痛快承认，但拒不认错｜165

北杜夫　深思熟虑，替友投稿不忘照顾友人心情｜169

志贺直哉　识人不明，斩断关系深刻自省｜173

小林秀雄　直抒胸臆，要求面见志贺直哉｜177

中堪助　因于错乱的记忆，虽不明缘由但仍要道歉｜181

目录

第七章 借口大师夏目漱石
淡看人间三千事

夏目漱石　欠债也高傲，自行决定还款方式与日期 | 187

夏目漱石　卧病在床，怨妻仍不忘温柔 | 191

夏目漱石　陌生人来拜访，特地写信降低期待值 | 195

夏目漱石　道歉不生分，尽显文豪风范 | 199

夏目漱石　大事化小，以笔误掩盖记忆差错 | 203

夏目漱石　暂存他人书信不幸被盗，写信道歉有理有据有节 | 207

夏目漱石　被催作俳句，无奈之下拿神灵挡枪 | 211

夏目漱石　不明缘由遭骂，写信解释巧妙反抗 | 215

后序 | 219

第一章 当出现感情危机时

把认真留给值得的人

芥川龙之介

深陷绯闻风波，
拼命否认、力证清白

芥川龙之介（1892—1927），35岁去世。小说家。代表作有《罗生门》《鼻》《地狱变》《河童》《侏儒的话》等。芥川龙之介善于利用民间故事以及历史题材中的人物角色，从细处着手，描写细腻，反映人性的深度，创作出一大批优秀的作品。菊池宽评价其作品为「用银镊子翻弄人生」。

> 夏目对我不作他想,我对夏目也无丝毫心动。

大正五年(1916年),夏目漱石去世。次年,漱石的长女夏目笔子满18岁,其婚事也一度闹得沸沸扬扬。

当时,芥川龙之介作为漱石的得意门生,自然被外界视作其女婿的第一人选。不过龙之介已经有了未婚妻,是好友山本喜誉司❶的外甥女——塚本文。塚本文听到芥川龙之介与夏目笔子的绯闻后深感焦虑,并给龙之介寄去了自己的亲笔信。看到信后,芥川龙之介回复如下:

小文,我收到你的信了,请听我的解释。

夏目笔子的事情极易引起误会,你也知道我跟大哥(山本喜誉司)无话不谈,因此除了大哥之外我跟谁都没有提起过。大哥也答应为我保密(不告诉你和我的母亲)。我向你们保密的原因主要是讨厌自己被误会成利用和老师的关系而攀高枝的男人。

龙之介首先在文中解释,之所以对塚本文隐瞒这件事情主要是怕引起误会,并且不想让对方误认为自己想利用和老师的师徒关系攀

---

❶ 山本喜誉司(1892—1963),芥川龙之介妻子塚本文的舅舅,与芥川龙之介为旧制东京府立第三中学的同学兼好友,在日裔巴西人中是小有名气的农业家。战后致力于帮助日裔巴西人恢复生活。此外,山本喜誉司因咖啡种植病虫害防治研究,被东京大学授予博士称号。

第一章 ◆ 当出现感情危机时：把认真留给值得的人

高枝。

之后，龙之介在信中极力说明不管是夏目笔子还是自己，都对对方没有进一步的想法。

夏目对我不作他想，我对夏目也无丝毫心动。我并不是因为和你有婚约在先才拒绝夏目的，就算你不是我的未婚妻，我照样会拒绝夏目。

写到这里，芥川龙之介认为还是难以打消塚本文的顾虑，又再次表明了自己的决心。

你在我心中无人能及。为了得到你，如果我必须和其他男人进行决战，我也在所不惜，即使千疮百孔我也不会放弃。我对你的爱问心无愧、日月可鉴。我深爱着你，也渴望着你的爱。爱可以战胜一切，爱可以超越死亡。

无罪之人自证清白是十分困难的。在芥川龙之介看来，只是一味地强调自己的清白对于洗刷冤屈来说是远远不够的。于是他向日月发誓，表明自己为爱献身的勇气，拼尽全力证明自己，打消塚本文的顾虑。他的做法是有效的，在塚本文收到这封信五个月后，两人顺利地步入了婚姻的殿堂。

总而言之，对日月起誓，拼尽全力以证忠诚，只有抱着这样的态度和觉悟才能打消伴侣的怀疑，开启两人更加幸福的明天。

芥川龙之介在《侏儒的话》❶中曾写道："要想获得言行一致的美名，要擅长为自己辩论。"

芥川龙之介为自己辩论，不只体现在"夏目笔子绯闻风波"一事上，他这一生都在苦苦追求"解释的艺术"。

---

❶ 《侏儒的话》：本书用简洁的语言阐述了芥川龙之介对艺术和人生的看法，产生了很多名言，比如"人生好像一盒火柴，严禁使用是愚蠢的，滥用则是危险的"。

小林多喜二

心有余而力不足,
恋人境遇悲惨却无力帮助

小林多喜二（1903—1933）,30岁去世。小说家。其代表作品《蟹工船》在劳动群体内引起广泛共鸣,为他赢得世界性的荣誉,他也因此被誉为"日本无产阶级文学的旗手"。后不幸被日本特别高等警察课逮捕,在毒刑拷打下,宁死不屈,最终被迫害致死。

> "光影不二。"只有从黑暗中站起来的人才能真正感知到光明的珍贵。

小林多喜二凭借《蟹工船》一书声名大噪。当时，他的恋人一度生活悲惨，痛不欲生。对此，小林多喜二写下"光影不二"作为安慰和鼓励，并且指出一个人只有经历生活的黑暗之后，才能明白光明的价值。

如果没有被束缚，就无法感知自由的珍贵；如果没有经历过不幸，就无法真正体会到幸福的真谛。

对于深陷黑暗而不得不负重前行的人们来说，小林多喜二的观点或许有一定的说服力，是较为可行的。

但是面对黑暗，小林多喜二不会一味劝说他人忍受黑暗，而是鼓励人们去和黑暗做斗争。

日本文学评论家小田切秀雄眼中的《蟹工船》是一部充满抗争思想的作品：

"在日本海军的默许下，渔船远航至鄂霍次克海，靠压榨工人的劳动来获取暴利。工人无法忍受严酷的剥削……团结起来进行抗争。作者通过详细的调查以及超高的艺术表现能力将工人团结、抗争的全过程进行了淋漓尽致的刻画。"（《新潮日本文学辞典》）

第一章 ◆ 当出现感情危机时:把认真留给值得的人

小林多喜二强烈希望世界上的压榨和剥削全部消失,希望世界上所有命运悲惨的人都能够拥有光明的未来。

因此,当恋人深处黑暗时,小林多喜二自是希望能够帮助她走出黑暗,但自己无能为力,才不得已用"光影不二"来进行安慰。可以说,这句话为小林多喜二掩盖自己的无地自容提供了一个绝佳的借口。

当时,小林多喜二违心地让对方忍耐黑暗是有一定原因的。

小林多喜二21岁时,在北海道拓殖银行小樽分行工作,负责外汇业务,生活安稳平静。一天,朋友邀请他一同前往位于小樽地区的"山本屋"名牌酒商店游玩,据说那里的女招待都是有名的美女。

其中一名女招待名为田口泷子,明治四十一年(1908年)出生于小樽地区郊外,家道没落之后,被父亲卖给室兰地区的名牌酒商店,而后辗转至"山本屋"。田口泷子与多喜二相遇的时候仅有16岁。

多喜二了解到泷子的身世之后,十分同情,并写下一封书信。

"光影不二。"只有从黑暗中站起来的人才能真正感知到光明的珍贵。请牢记,这个世界不是由幸福组成的,不幸是拥有幸福的必要条件。所以,我们如果希望拥有幸福生活的话,就必须品尝生活的苦楚。泷子,你和身边的人现在正生活在黑暗之中,但是切不可失去追求幸福生活的信念。所有的痛苦都是在为幸福做铺垫,所以一定要忍受痛苦。

这封信以"光影不二"开头，一再表明生活中的不幸会让幸福更加美好。

正如信中所述，对小林多喜二来说，将泷子从悲惨境遇中解脱出来实在困难，因此这封信既是对泷子的慰藉，也可以说是为自己开脱。

对泷子来说，要想解脱需要的不是安慰的话语，而是足够的金钱。泷子的赎身费为500日元，而小林多喜二当时在拓殖银行的月薪只有70日元，除去积蓄，还需要再凑200日元才能将泷子解救出来。"光影不二"这句话并非只是对泷子的安慰，也是小林多喜二劝说自己打消念头的借口。

不过，写下这封信9个月后，也就是大正十四年（1925年）二月，多喜二将自己的积蓄悉数掏出，又向朋友借款凑够了500日元，终于让泷子从悲惨的境遇中真正解脱了出来。

寺山修司

克制欲望，绝不抢夺朋友妻

寺山修司（1935—1983），48岁去世。剧作家、和歌创作家。寺山修司与山田太一从相识到相知的全过程收录于《寺山修司青春歌集》（岩波书店）中。寺山曾在《书信狂人》这篇短文中写道："百万销量作品的读者与一封信的读者，我认为后者要更幸福。"

> 歌德在《托尔夸托·塔索》中写道：没有爱情的生命是白白流逝的。我不同意这一观点，我现在也没有时间去关注爱情。

以前我在采访摄影家赫比·山口时，他曾兴高采烈地对我说：

"我听寺山说，你曾夸奖过我。你说我能捕捉到模特脸上每一块肌肉的动作，并且根据肌肉的动作按下快门。"

寺山的语言表现能力之高超令人惊叹不已。《扔掉书本上街去》是一本十分刺激、不同寻常的作品；"赛马不是人生，但人生是赛马"这句话也十分新奇、发人深思。

寺山修司在诗歌、编剧、小说、电影、戏剧等诸多领域都取得了非凡成就，永远对艺术行业抱有好奇、勇于挑战的态度。著名的电视剧编剧山田太一[1]是寺山的好朋友，二人同为早稻田大学的学生，这份友谊也陪伴了他们一生。青年时代，寺山修司和山田太一的故事远比电视剧精彩。

大学时期，二人曾陷入三角恋情。最初是寺山对那位女生动情，但是其心意却惨遭拒绝。后来，这位女生喜欢上山田，而山田也对这位女生产生了情愫。

---

[1] 山田太一（1934—   ），日本编剧家、小说家。电视剧作品有《各自的秋天》《男人们的旅途》《岸边的相册》《早春的写生簿》《形状各异的苹果们》《太过悲伤无法进行到底》《充满奇迹》等。小说代表作有《遭遇异人的夏天》等。

第一章 ◆ 当出现感情危机时：把认真留给值得的人

当时，山田特地写信给寺山解释这件事情：

"若要忠于一个人，必得背叛一个人。"（福田恒存《霍雷肖日记》）我不愿面对整件事情，我经常反省自己为什么会动心。

山田在信中引用莎士比亚全集翻译家、评论家福田恒存的名言，表明这位女生之所以背叛了寺山，是因为她选择了忠于自己的内心，并且希望寺山能够理解她。不过，山田觉得单单引用福田的名言似乎有些单薄，于是在信中暗示自己心存内疚，希望得到寺山的原谅。

收到这封信后，寺山引用18世纪德国剧作家、诗人的名言给山田回信，并告诉他无须内疚：

歌德在《托尔夸托·塔索》中写道：没有爱情的生命是白白流逝的。我不同意这一观点，我现在也没有时间去关注爱情。

寺山表示自己当下无心享受爱情，也没有时间浪费在爱情上，因此请山田不必内疚。这正是对山田的一种换位思考。但是，寺山在信中的表示过于冷酷，不得不让人怀疑他是逞强写下的这些话。也就是说，寺山在信中刻意隐藏了自己的寂寞，给好朋友山田展现出自己积极的一面，这封信就是寺山的解释和借口。

二人通过书信互相安慰的效果如何？对此我是有疑惑的。

寺山一直以来喜欢借用西方伟人、贤者的名言，或是一些古语、箴言，但是他用这些堆砌出来的解释却是苍白无力的。我失恋后，我的母亲往往会安慰我"好女人多的是"，在我看来，寺山引用名人名言的行为与我的母亲如出一辙，都是毫无意义的。因此，寺山和山田的互相安慰反而会增添彼此的痛苦，因为能够抹平情伤的解释本身就是不存在的。

　　但是，有时人们往往需要这些毫无意义的解释。因为这些解释本身就是"我在关心你"的最好证明。这不是狡辩，而是牵挂彼此的一种证明。

谷崎润一郎

沉迷道歉游戏,
无法自拔

谷崎润一郎(1886—1965),79岁去世。小说家。代表作有《刺青》《春琴抄》《细雪》等。他通过自己高超的表现能力,创作出了许多怪异荒诞又充满日本古典传统美的故事。

> 但是我以后不会再这么坚强了。如果主人让我哭,我就会马上哭泣。

谷崎润一郎与根津松子[1]恋爱期间,两人经常因为一点儿小事而不停地吵架。一次吵架过后,谷崎给松子送上一封信,信中的"主人"就是指松子。

> 主人,请一定多多关照。主人请您快开心起来吧,然后陪我来玩。昨晚回来之后我十分过意不去,对着您的照片又是鞠躬又是作揖,真心期盼您能够原谅我。

二人恋爱时的相处状态十分特别,但是在这里就不展开叙述了,仅将谷崎的书信作为一个绝佳的借口进行分析。

首先,谷崎放低自己的身段,在开头称对方为"主人",又说对着照片鞠躬谢罪,给读信的人留下了深刻的印象。谷崎承认松子在二人的亲密关系中占有绝对优势地位,以此来安抚松子。之后在信中继续道歉,但是掺杂了一些借口与解释:

> 之前,主人对我说"哭个试试",但是我却没能哭出来,这

---

[1] 根津(谷崎)松子(1903—1991),谷崎润一郎第三任妻子,也是谷崎最后一任妻子,随笔家。是谷崎代表作《细雪》中幸子的原型。

是我的不对。虽说东京人大都比较坚强，但是我以后不会再这么坚强了。如果主人让我哭，我就会马上哭泣。

为了安抚对方，仅仅反省自己是不够的，还需要适当的情况说明或是借口。

信中，谷崎的意思便是"虽然东京人普遍比较坚强，但是我如此坚强却是不合你意的"。谷崎在不知不觉中将自己一个人的问题转化为全部东京人的特点，并且以此为借口来进行辩解，这是十分巧妙的。将自己的缺点扩大到全部东京人身上，可以模糊对方生气的焦点，从而获得原谅。这个技巧虽然高超，但是普适性却很低。

谷崎的解释真的能够消除松子的怒气吗？我看未必。因为谷崎一直都以惹怒松子为乐，这封信不如看作是谷崎用一个过于明显的借口敷衍松子，再度火上浇油，尝试惹怒松子的挑战信。通常，对于历经波折的情侣来说，平凡的幸福最为致命，反而是互相挑衅、磕磕绊绊才能让关系行稳致远。

谷崎润一郎的代表作《痴人之爱》❶中，尽管娜奥密虚荣自负、风流成性，却因此推动了故事情节的发展。

---

❶《痴人之爱》：主人公一直渴望亲手将一个小女孩调教成一个完美的结婚对象。机缘巧合之下，他在咖啡店遇到了娜奥密，他试图将娜奥密培养成完美的妻子，但是娜奥密虚荣自负、风流成性，最后主人公发誓成为她的奴隶，任其摆布，走上了一条不归路。

"如果她有喜欢的东西就全部用现金买下，导致每月固定的房租需要推迟到奖金发放之后才能缴纳。尽管如此，她也不喜欢向别人借钱，她经常说'我讨厌张口借钱，这种事情是男人才做的'。一到月末，她就跑到其他地方不让房东找到自己。因此，可以说我每个月的工资都悉数上交给娜奥密。我从一开始就只是想让她变漂亮，不想让她有任何束缚，不想让她觉得自己小气，只是想让她快快乐乐、无忧无虑地成长。虽然我不喜欢她的奢侈，但是却又纵容了她的奢侈。"

娜奥密那任性的借口或许也是让主人公越陷越深的原因之一。

八木重吉

煞费苦心编造理由,
只为拥有心上人美照

八木重吉(1898—1927)。诗人。代表作有《素朴的琴》等。

> 之前发的照片是你和姐姐的合照……小富，快点儿给我发一张只有你自己的照片好不好？

——"午饭吃什么呢？"

——"随便。"

——"你肯定有什么想吃的吧？"

——"不都跟你说了随便就好嘛！"

——"好吧，那我来决定喽。"

——"随便。"

虽然热恋期是短暂的，但是热恋期的情侣总是开心的，能够包容和接受对方一切不合逻辑的缺点，甚至总想找各种理由撒娇任性，然后看对方围着自己团团转的样子。

八木重吉无比重视自由。正如他在《心灵啊》一诗中所写"心灵啊／来吧／来靠近我"，八木重吉从不违背自己的内心，从不用道德伦理来束缚自己。于是，23岁的八木重吉与16岁的岛田富美展开了一段轰轰烈烈、大胆又勇敢的恋情。次年1月，他们订婚了，同年7月正式步入了婚姻的殿堂。

从订婚到结婚的半年内，重吉坚持每天给富美写情书：

> 小富——从今天开始，请你每天晚上给我写情书好不好？晚上人们情感迸发，写出来的情书能够让第二天的我心跳加速；晚上人们情感真挚，能够对我说出心里话。我想听小富对我说你的

心里话！就像那天晚上，我们两人在被窝里说的那些只有两人知晓的情话，那些"隐形的爱之花"。

对重吉来说，要想偷偷看到"第二天会心跳加速"的情书，只能在夜深人静的时候写信。或许重吉就写过让人面红耳赤、失去理智的情书。即使在两人短暂分开的时候，重吉也像两人仍相拥入眠时一样，继续给富美写下心里话。

不仅如此，重吉还向富美提出了其他要求：

小富，你有时间的时候，千万不要忘记给我发一张你的照片。之前发的照片是你和姐姐的合照，晚上若是抱着那张照片睡觉会显得十分奇怪。小富，快点儿给我发一张只有你自己的照片好不好？

重吉不仅在诗中呐喊"心灵啊／靠近我吧"，在现实生活中也跟随内心、重视自由，绝不会让任何事束缚自己。因此，既然八木重吉与富美的姐姐无任何不正当关系，那么他绝不会因为一张合照而感到有违伦理。不得不说，这只是重吉向富美索要单人照的借口罢了。

八木重吉把自己的行为动机归结为一个可以被普遍理解的喜恶，可以说是一个相当机智的借口。

第二章

当生活窘迫时

日升月落，总有黎明

武者小路实笃

> 我行我素,
> 求人借钱也任性

武者小路实笃(1885—1976),91岁去世。小说家、剧作家、画家。与志贺直哉等人创办《白桦》杂志,宣扬人道主义和理想主义。1918年在宫崎县儿汤郡木城町建设「新村」,宣扬乌托邦思想。其作品《友情》便是白桦派的代表作,塑造了理想主义的爱情和友情。

> 实际上，贫穷之神并未远离我，以至于我不得不将我最珍爱的罗丹作品《拉·斯芬克斯》转手。

有一种思维方式叫"积极思考"。这一思维方式有些轻率与盲目乐观，我个人虽不太推崇，但是武者小路实笃可以说是这一思维方式最忠实的践行者，他的忠实程度非一般人可以企及。这一点通过实笃的诗作《我悠闲地生活》可见一斑：

我只关注悠闲、愉快的事情

所有我爱的人

也同样爱着我

同样牵挂着我

我将

以悠闲且愉悦的心情

工作

我将是多么幸福啊

实笃就是如此乐观，甚至在迫于生计不得不伸手借钱的时候也表现出不同于常人的做法。

昭和六年（1931年），实笃在46岁的时候给自己的朋友寄去了一封信。

客套话按下不表，我有一事相求。

实际上，贫穷之神并未远离我，以至于我不得不将我最珍爱的罗丹作品《拉·斯芬克斯》转手，只是现在还没有找到合适的买家。虽然有些难以启齿，但是我希望你能收下这尊青铜像。这尊青铜像价值七八百日元，但是想到我之前有借款还未奉还，因此你只需给我500日元便能拥有这尊青铜像。说实话，即使是1000日元我也是不想将这个作品转手的，但是如今我实在是贫困潦倒，迫于生计才出此下策。❶

这封书信值得细读。信中开头实笃便将自己借钱的缘由归结于"贫穷之神并未远离"。而且言辞之间并非仅是将贫穷之神作为托词，而是真真正正地对贫穷之神的存在深信不疑。接下来便提到"还没有找到合适的买家"，从而为自己借钱做铺垫。

也就是说，信中实笃认为张口借钱并非自己有错，而是因为"贫穷之神常驻"和"买家仍未现身"而已。

实笃并非第一次开口借钱，除去之前的借款，实笃将价值七八百日元的青铜像仅以500日元转让，信中字里行间透露着自己的"大方与善解人意"。

---

❶ 实笃借钱的朋友：上述书信是寄给细川护立的。细川护立是熊本藩主细川家第十六代家督、日本第七十九任总理大臣细川护熙的祖父。细川护立是文艺杂志《白桦》创刊发起人之一，还是武者小路实笃、志贺直哉、梅原龙三郎、安井曾太郎等人的资助方。此外，昭和六年（1931年）的500日元相当于今天的150万日元。

并且，实笃在信中强调，"即使是1000日元我也是不想将这个作品转手的"，更加凸显了自己的"大方"，反而让对方有一种"占便宜"的错觉。

在这封信中，可以说实笃仅是站在自己的立场上自说自话，根本没有为对方考虑。信中不仅没有流露出任何的谦虚，反而表现出了罕见的厚颜无耻。

因此，按照正常人的推测，实笃肯定是无法凭借这封信借到钱的。因为信中提到的《拉·斯芬克斯》如今作为实笃的藏品被收藏于东京都现代美术馆，丝毫没有转手的痕迹。

但是，或许实笃根本无须转让青铜像便成功借到了钱，毕竟实笃在诗中写着"所有我爱的人／也同样爱着我／同样牵挂着我"。

实际上，实笃的确从朋友处借到了钱。这封信寄出后不久，实笃便收到了200日元的汇款。

尽管实笃求人借钱依旧任性、自说自话，尽管他对自己无比自信、无比乐观，但只要将"积极思考"这一思维方式作为自己深信不疑的人生信条，他便能俘获"所有我爱的人"，并说服他们"也同样爱着我"。对于一般人来说，这样的做法是根本无法想象的。

佐藤春夫

写信交涉稿酬，
字字句句苦心经营

佐藤春夫（1892—1964），72岁去世。诗人，小说家。代表作有诗集《殉情诗集》、小说《田园的忧郁》等。当时，日本文坛口语自由诗体占据主流，但是佐藤通过文言文定型诗体抒发新时代的情感，以艳美清朗的诗歌和倦怠、忧郁的小说而知名。佐藤性格正直、乐于助人，因此门下弟子众多。同时，佐藤身上也具有热情奔放的一面。佐藤着迷于好友谷崎润一郎的第一任妻子石川千代子，曾写下众多情书表达自己的爱意，在不懈追求下最终与千代子结婚。

> 那位作家只是二流作家。况且与三年前相比,如今报纸行业的稿酬上涨了约一半之多。

我并不擅长与上司交涉薪酬,总是不由自主地认为为几两碎银唠唠叨叨有些肤浅。但是每个人都应该大胆地与上司沟通,只要找到一个折中点便能有所突破。可是每每交涉薪酬之时,我总会感觉像做了坏事一样不停地为自己找借口,自己也会不自觉地低人一等。

佐藤春夫是日本著名的小说家、诗人,被太宰治视为老师,他也曾为写信交涉薪酬而费尽心思。昭和四年(1929年),37岁的佐藤春夫收到了福冈《日日报纸》连载小说的邀请,但是他并没有马上接受,其问题就在于稿酬。《日日报纸》表示连载一次需要提交三到四页文稿(400字),但是稿酬仅有30日元。听到这个消息,佐藤春夫十分愤慨,当下便给报纸负责人写了一封信:

> 小生认为,贵报与我签订的协议中稿酬未能达到预期。小生之前在《报知新闻》的稿酬是每次55日元,在之后的《大阪日报》是每次60日元。

佐藤在信中冷静地陈述了自己不能接受这个稿酬的原因。在谈判中,如果一味地感情用事,对方则会更加坚定,从而使谈判无法顺利进行。

此外,信中还罗列了其他证据证明其稿酬之低。

昨天我的客人对我说，某位作家投稿在贵报的稿酬一次就已经是30日元，并且那位作家只是二流作家（在此不涉及那位作家的真正价值，只讨论市场价）。况且与三年前相比，如今报纸行业的稿酬上涨了约一半之多。

佐藤虽然已经尽力克制自己的情绪，但还是越来越兴奋，最终一不小心将其他作家归为"二流作家"。写到这里，或许佐藤也注意到了自己的自大，立马以"在此不涉及那位作家的真正价值，只讨论市场价"来弥补失言。即使在信中补充了行业的市场价作为客观论据来支撑自己的论点，但是书信中仍旧流露出了佐藤对于自己"一流作家"这一身份的骄傲以及过低稿酬的不满。

自此，佐藤在书信中已然花了大篇幅在谈论稿酬，多多少少产生了一种自我厌烦的情绪。因此，为证明自己不是为稿酬斤斤计较之人，凸显出自己的人情味，他又在书信中写道：

虽然《读卖新闻》报社被称作东京最穷的报社，但是小生前些日给《读卖新闻》写文章，每篇短文拿到了700日元的报酬……若小生真的穷困潦倒……小生便不会在意稿酬多少，只会来者不拒。

信中，佐藤表示自己没有看不起贪得无厌的穷人，体现了自己的大度。但是，他却在无意中将《读卖新闻》归为最穷的报社，这么说恐会招致闲言碎语，多少有些不明智。

虽然佐藤原本只是想有理有据地力争提高稿酬，但是他却越写越长，已然发展到为陈述理由而找借口的地步。

佐藤的书信可以看作是一个失败的例子，告诉我们如果不能控制情绪，那么就无法停下寻找理由与借口的脚步。但是通过书信我们也可以看出，佐藤对自己的实力相当自豪。当拿到与实力不相称的报酬时，尽管十分遗憾，他也在尽力克制自己的情绪，不让他人察觉到自己的傲慢。

或许佐藤的诚心打动了对方。不久，佐藤便与该报社签约，开始在报纸上连载自己的作品《更生记》。

不过遗憾的是，后人始终无法查证佐藤谈判过后的稿酬❶到底是多少。

---

❶ 昭和四年（1929年）的物价：虽然难以准确推算当时的货币价值，但是昭和四年的30日元相当于当今的10万日元左右。昭和四年前后出版的图书定价如下：《蝗虫的大旅行》佐藤春夫著（改造社·大正十五年）3日元50钱；《机械》横光利一著（白水社·昭和六年）2日元；《柠檬》尾井基次郎著（武藏野书院·昭和六年）1日元50钱。可以看出，当时佐藤的稿酬已经相当高了。

若山牧水

柔中带刚,
为筹学费『胁迫』他人

若山牧水(1885—1928),43岁去世。明治、大正年间日本代表性的和歌诗人。一生当中创作了8600余首和歌。风格超凡脱俗,优雅明快。他爱旅行、爱清酒、爱朋友,日本国内多处立有他的歌碑。若山牧水酷爱饮酒,据说每天饮酒有一升之多。

> **若小生现在放弃学业，则之前的努力全部化为泡影。**

在人们的普遍印象中，胁迫都是暴力而血腥的。但是当我读到若山牧水在18岁写的书信时，我才发现，原来胁迫也可以柔中带刚。

中学时期，牧水作诗的才能得到英文老师的肯定，受老师影响，牧水十分希望能报考早稻田大学的英文专业。于是，牧水写信给自己的姐夫，希望可以获得姐夫的帮助，资助自己学费。

信中写道：

> 学校差不多已定，但是学费还没有着落。单凭小生一己之力是无法筹齐学费的，小生已被这件事困扰许久，即将崩溃。

"即将崩溃"或许稍显夸张，但是这为后文进行了铺垫：

> 您也知道，小生父母年事已高且无半点儿积蓄，身边亲戚情况也都不过如此。小生能依靠的只有姐夫了。

之后，若山在信中提到，多年以来承蒙姐夫照顾才得以走到今天，再次提出要求，内心无比愧疚。若山表示自己也明白请求姐夫资助是不合情理的，但是又在信中提到不得不这样做的理由。后文信中出现的"繁"是牧水的本名。

若小生现在放弃学业，则之前的努力全部化为泡影；若继续求学，坪谷老家的亲戚们会因为我的大笔学费而走投无路。因此小生想到的能提供帮助的人只有姐夫了。小生内心虽无比惶恐，但还是希望姐夫能够在未来4年间助小生一臂之力。不肖小弟若山繁在此鞠躬致谢。

信中表明"若现在放弃学业，之前的努力就全部功亏一篑；如果坚持报考早稻田大学，则家中老人会因为无力负担高额学费而走投无路。这两个选择都不是我想要的，能帮我走出这个困境的只有姐夫"。信中，若水将自己以及家人的命运，全部托付给了自己的姐夫。

虽然书信中的用词稳重而礼貌，但这确确实实是一封道德绑架的信件，是一封对收信人的良心进行拷问的信件。

若山牧水在信中无意之间将自己以及亲人的"生杀大权"交予自己的姐夫。而姐夫在收到这封信后，只能选择帮助牧水。

若山牧水在作品中赞叹孤高与孤傲的情怀，写下"白鸟哀婉，不容于天之澄碧，亦不容于海之幽蓝"，用优美的笔触描写了超凡脱俗的气概。在现实生活中，牧水对待鸡毛蒜皮的小事，同样显示出了不同于常人的高超方式。

若山牧水筹措学费的借口十分巧妙，直击对方的心灵，是对良心的一次拷问。各位读者在遇到同样的情况下，不妨试上一试。

菊池宽

自吹自擂，申请公费游学心安理得

菊池宽（1888—1948），60岁去世。日本小说家、剧作家、记者、实业家。大正八年（1919年），菊池宽31岁时，『意料之外地在文坛上扬名』。因此，菊池宽在文中提到的书信结尾写道：『若我满足现状，一直待在日本安逸地生活，那么总有一天我会因为这虚名陨落。因此我下定决心，希望凭借游学再展宏图。』这也是菊池宽为自己争取游学的一个理由，但遗憾的是，菊池宽的游学最终并未实现。

> 游学归来后……希望自己能够成为一名杰出的思想家，然后为贵社做贡献。

俗话说：小谎难圆，大谎难破。对此我表示怀疑，在我看来，只要是谎言就有被戳穿的一天。但是，大谎有时的确比小谎难以戳穿。

这是因为比起真相，人们更希望得到爆炸性的新闻；比起平淡无奇的真相，人们更喜欢不同寻常的谎言。

因此，许多企业家经常利用人们的这一心理来实现自己的目的。他们肆无忌惮地口出狂言，以此来拉拢人心。文艺春秋出版社的创始人菊池宽便是如此。

大正十年（1921年），菊池宽33岁，离《文艺春秋》杂志诞生还有两年的时间。此时，菊池宽已经是一名当红作家，并在日本文坛确立了一定的地位。那一年，大阪《每日新闻》开出丰厚的待遇聘用菊池宽为特邀员工。然而，菊池宽并没有因此满足，反而提出了更加厚颜无耻的要求：

> 我一直在计划游学，不过最近才下定决心，希望明年年初第一站到美国，之后周游各国。以前我打算自己筹措费用，但是现在希望能够作为贵社的留学生完成这个计划……若贵社无法实现这一心愿，能不能在我外出期间，将我的薪水翻倍涨至200日元左右？若这也无法实现，能不能按贵社正规编制人员为我发放薪水呢？

信中，菊池宽还列举了一些理由，以期增加说服力：

我游学是希望花费两年左右的时间认真学习，取得伟大成就荣归故里。我希望自己能够成为一名杰出的思想家，然后为贵社做贡献。

菊池宽认为，若作为一名杰出的思想家学成归来，那么自己的书稿对报社来说会更有益处。菊池宽企图以这种毫无根据的理由来说服报社负责人为自己游学提供资助。实际上，成为一名思想家本就不易，成为一名伟大的思想家更是难上加难。即使一个人再厚颜无耻，这种话也难以启齿。

菊池宽曾在《宣传》一文中强调了展现自我的重要性：

"评价本应由公平的第三方进行……当下似乎没有时间来自谦、自省。……当下需要我们来展现自我，即使是逞强，也要尽量大声地说出'我可以'。"

"即使是逞强，也要尽量大声地说出'我可以'"，菊池宽的观点积极向上、充满活力，值得每一个人学习。正因如此，菊池宽才会自吹自擂，要求报社资助游学，并且认为自己的理由能够打动报社。然而事实果真如他所料吗？

遗憾的是，菊池宽的游学之梦并没有实现。

尽管如此，年轻人有时还是需要逞能的。大家可以在说服别人时尝试一下这种惊人的理由。

太宰治

写信预支稿酬,
精准用词打消对方顾虑

太宰治(1909—1948),39岁去世。小说家。代表作有《斜阳》《奔跑吧,梅勒斯》《津轻》《御伽草纸》《人间失格》等。

> 仅此一次、下不为例……绝不会再提如此厚颜无耻的要求。

与出版社沟通预支稿酬需要极大的勇气，需要做好抛弃尊严的准备。尤其是人到中年，则需要更大的决心与勇气。前几日我刚刚经历过这件事情，与出版社的沟通可以说花尽了我所有的勇气，直到现在还没有完全恢复。

因此，我无比懂得太宰治的心路历程。

昭和二十一年（1946年），太宰治前往青森县避难。同年返回东京三鹰町后，于十二月二十四日给东京趣町的前田出版社寄出了这样一封信：

> 我有一事相求。因我平日里生活大手大脚不加节制，导致年末生活拮据，故请求以事先约定为由（或者其他理由），从《津轻》一书的稿费中预支2000日元左右作为"过年资金"以支援在下，让我安心度过新年。

津轻是太宰治的故乡。昭和十九年（1944年），太宰治回到津轻，踏上了"寻根之旅"，利用三周的时间在当地寻找素材，最终创作了《津轻》这部纪实风土记。虽然难以准确推算战后动荡时期的货币价值，但是当时的2000日元约相当于当今的20万日元。

战后，日本社会一贫如洗。因此在当时，太宰治在书信中用"过

第二章 ◆ 当生活窘迫时：日升月落，总有黎明

年资金"一词必定会获得同情。

信中继续写道：

> 自从我回到东京后，发现重新寻觅住处也需要一大笔开销。我深知这一请求十分无理，但还是希望贵社能够助力我渡过这一难关。

信中提到"重新寻觅住处"是因为战争中房屋遭到空袭，一切化为乌有。因此这一点无疑也能唤起报社的同情。

太宰治此前住在东京三鹰町，家附近是中岛飞机公司。这家工厂是第二次世界大战前东亚排名第一的飞机制造商。因此，第二次世界大战时这家工厂成为美军重点轰炸目标，连周围的住宅区都未能幸免。❶ 为了打消出版社的顾虑，太宰治在信中再次表明此乃无奈之举，并非惯用伎俩。太宰治的表态令这件事情的成功率大大提高。

> 请放心，我求助"过年资金"一事仅此一次、下不为例。在《津轻》正式出版之前绝不会再提如此厚颜无耻的要求。

信中写到"仅此一次"，表明太宰治非常理解对方的担忧。看到

---

❶ 此时的太宰治：昭和二十一年（1946年）十一月十四日，太宰治结束避难生活，从青森金木町回到东京三鹰町，一个月后便写下了这封书信。这个时期，他接连创作出了《寻人》《好友畅谈》《圣诞节快乐》《维庸之妻》等优秀作品。

043

这封信后，收信人极有可能担心太宰治以后会无数次用这个借口来预支稿酬，因此太宰治在信中用"仅此一次"打消了对方的顾虑。太宰治在信中为自己开脱，表示"自己并非是厚颜无耻之人，绝不会三番五次提出这样的请求"，这样的解释起到了很好的效果。

"仅此一次"用途极广，在大部分场合都能起到很好的效果，是解释以及借口中我最为推荐的一个百搭用语。但是情侣分手时切忌使用类似词语。如果分手时说"让我见见你吧，仅此一次"会显得自己的处境极为悲惨。

太宰治写下这封信后不久，《寻人》成功出版。这本书委婉又真实地描述了太宰治在战争期间接受援助时的喜悦、屈辱与憎恨。

读完《寻人》后，我们可以更深层次地体会到这个时期太宰治的心境。

当一个人真正走投无路到需要为得到金钱而找借口时，那个人的内心一定是无比痛苦、无比复杂的。羞愧与厌恶参半的心情从《寻人》中可以略知一二。

宫泽贤治

撒娇啃老，
央求父亲为自己游学买单

宫泽贤治（1896—1933），37岁去世。诗人、童话作家。代表作有诗集《春与修罗》、童话集《要求特别多的餐厅》等。宫泽贤治胸怀宇宙、格局宏伟，同时逻辑缜密，创作出了一系列特别而又极具感染力的作品。

> 我都是请的一流教师对我进行一对一辅导，因此又是一大笔开销。

"啃老族"向自己的父亲伸手要钱时并不需要特别的借口，只需要撒撒娇、装装可怜就能达到自己的目的。

宫泽贤治就是一个很好的例子。

大正十五年（1926年）十二月，宫泽贤治只身一人赴东京学习大提琴、打字机、风琴、世界语。

同月，贤治写信请父亲宫泽政次郎支援自己生活费。信中，宫泽贤治列举了几个学校的具体名称，如神田打字员学校、数寄屋桥交响乐协会等，还写明"我今晚回家，拿上学费就要启程。一个小时也不能耽误"。

贤治出生于岩手县花卷市的一个富商家庭，他在信中重点强调自己在东京的不易是为了请求父亲为自己的学费买单。

这时贤治已经30岁了。虽说"三十而立"，但是贤治却依旧在"啃老"。他内心十分清楚父亲并不认同自己的做法，因此在信中后半部分毕恭毕敬，甚至撒娇以达到自己的目的：

十分抱歉再一次向您伸手要钱。这次的主要花销是给上述学校缴纳学费，但是来到东京之后才发现花销远比我想象中要多。第一，来东京的路上，鞋子里进了不少泥，本想拿去修理，但是觉得后续少不了要买新鞋，又正好价钱合适就买了一双新鞋。第二，因为长途跋涉，身上穿的衣服落了不少灰，所以买了两件新衣服。第三，我都是请的一流教师对我进行一对一辅导，因此又是一大笔开销。第四，租赁被子肯定不如买方便，我又给自己买了两床被子。第五，看到心理学和科学方面的书进行促销，冲动之下买了些书。第六，偶尔去看戏剧也是一笔花销。总之，花钱如流水，不知不觉中便已积攒了一大笔开销，具体数字已经在信开头向您汇报了。

宫泽贤治在作品《不畏风雨》中提倡克制欲望、追求内心的充实与愉悦，他在书中写道："不畏风/不畏雨/不畏寒冬酷暑/拥有强健的体魄/无欲无求……"但是，信中折射出的宫泽贤治的形象与诗中的宫泽贤治大相径庭。

写下《不畏风雨》的宫泽贤治应该是淡泊名利的，即使衣衫褴褛也能笑对人生。但是真正的宫泽贤治却极其追求生活品质，想做便做、想买便买：鞋子稍脏便全部换新；选择昂贵的私人教师对自己进行辅导；被子一次要买两床；遇到书打折便冲动消费；为了丰富生活还要定期看戏。不仅如此，他还把这些奢侈的生活习惯当作伸手要钱的借口，让家人为自己的消费买单。

对宫泽贤治的父亲来说，虽然自己的儿子不争气，但终究要为他的长远打算。而宫泽贤治恰恰利用了这一点，找准时机，在信中半撒娇半解释地请求父亲提供物质支援。

当宫泽政次郎拿到这封信时，那个不畏惧风雨、无欲无求的宫泽贤治在哪里呢？

第三章

当回信礼数不周时

生活难得碎碎念

吉川英治

礼数周全，
稍显疏忽便真诚道歉

吉川英治（1892—1962），70岁去世。小说家。小学辍学后，干过印刷工、修船工、画匠、记者等种种营生，最后成为作家，凭借《鸣门秘谱》一举成名。代表作《宫本武藏》获得大批读者喜爱，成为大众文学的代表性作品。第二次世界大战后发表了《新平家物语》等一系列杰作。吉川从幼年时期开始就梦想成为一名骑手，酷爱赛马。

> 请允许我先谈一下私事。

当我们的信件不符合一般礼仪时，为避免落下不懂礼数的印象，通常会在开头声明，阐明这封信是特殊情况。

日本人写信时开头要进行问候，若情况特殊需要省去问候语，通常会标注"前略"，或者以"敬启"代替问候。词语虽短，却包含着深层含义，表明"虽然我深知略去寒暄、开门见山不符合一般礼仪，但是此次情况特殊，还请多见谅"，这也可以视作一种解释。

《宫本武藏》的作者吉川英治也曾遇到这样的情况。他不仅在书信开头写下"敬启"，还在后文特意做出解释进行补充。

　　敬启　请允许我先谈一下私事。实际上昨天晚上我刚刚从关西旅游回来……

吉川英治的信并非毫无缘由而写。

吉川英治酷爱赛马，他的爱马名为"圆明"。但是昭和三十一年（1956年），在东京优骏（日本德比）比赛中，圆明不幸骨折，被强制退役后执行安乐死，圆明的骑手因摔下马也身负重伤。朋友明白此时的吉川无比沮丧，因此写信以表慰问。上文中的信便是吉川英治给朋友的回信。

前文中已经提到，"敬启"是对礼仪不周的一种解释，而信中的"请允许我先谈一下私事"也可以看作是一种补充。

第三章 ◆ 当回信礼数不周时：生活难得碎碎念

日本书信有固定的格式。通常来说，写下开头、季节问候、问候对方近况、陈述自己近况之后，再进入书信正文。因此，在日本，不问候对方近况而直接陈述自己近况是不合乎规范的。

因此，吉川英治在信中用"请允许我先谈一下私事"表示自己深知信中跳过问候对方的近况这个行为是不合礼仪的，所以借用这句话来传递自己的歉意并希望得到对方的原谅。

之后，吉川便在信中就自己的近况一一进行说明。比如去给圆明扫墓，很开心得知骑手状态不错，安慰圆明的训练员夫妇等。说完自己的近况后，吉川再次在信中道歉，表示因阐述自己的近况而使整封信都被这件事占据感到十分过意不去等。

<blockquote>信中都是一些琐事，多有叨扰。还望你看过之后将这些琐事抛诸脑后❶，希望这些琐事如同灰尘入土一样消失得无影无踪。</blockquote>

给吉川写信的朋友深知吉川对爱马的感情，因此绝对不会认为信中都是无关紧要的琐事。尽管如此，吉川还是极为谦虚地将有关圆明的事情称为"灰尘"。

这封信的深层次含义如下：

---

❶ 抛诸脑后：吉川希望朋友不要为自己的事情烦心。本词常见于日本书信，接在汇报近况之后，表示"我当下一切顺利，请勿挂念"。人们普遍对他人的事情没有兴趣，因此将自己的事情故意说成"他人之事"，更加凸显了自己的谦逊。

"圆明一事对我来说虽然如同天塌地陷的大事，但是对你来说却是不值一提的。非常抱歉用我自己的琐事让你平添烦恼，请多见谅。希望你不要将这件事情挂在心上，希望你能将圆明的事情抛诸脑后，不要为此担忧。"

信中，吉川从开头到结尾一直保持谦逊的态度来弥补书信格式的不足。

"格式不足，态度来补"，这是吉川教给我们的宝贵经验。

吉川这种谦逊的态度不仅体现在这封书信中，还一以贯之地体现在了他的大部分文章中。

他在《现代青年报》上的一篇文章就是很好的例子：

"我只是小学毕业，写几本质朴浅显的书博大家一笑，承蒙大家厚爱被称为作家……我哪里有什么资格去点拨青少年，哪里有什么资格对当下时局发表自己的看法呢。"

吉川将自己的身段放低，谦虚地称自己"只是小学毕业，写几本质朴浅显的书博大家一笑"，因此难以堪负指点人生的大任。

中原中也

未能及时回信,
却抱怨书信不便

中原中也(1907—1937),30岁去世。日本诗人。主要作品有诗集《山羊之歌》《往日的歌》等。中原的作品用敏锐的感官捕捉生活中随处可见的爱情和悲伤,用深邃的语言表达着生命的倦怠和虚无,诗歌韵律悠扬,《弄脏了的悲伤……》是其代表诗歌。中原中也喜爱法国诗人兰波,翻译并出版了《兰波诗集》。

> 我觉得写信不能表达我的情感，写信也配不上你的感情。

首先与大家分享一首小诗，作者是我喜欢的作家中原中也。

一个童话

秋天的夜里，在那迢遥的远方

有一片尽是碎石的河滩

阳光窸窸窣窣、窣窣窸窸洒落在那一片河滩

那阳光俨然像硅石或别的什么

俨然像非凡的固体粉末

因此它窸窸窣窣、窣窣窸窸

轻轻地传出幽微的声息

此刻，那碎石上有一只蝴蝶伫立

把淡淡的、因此而轮廓分明的影子

投落在细碎的石砾

若那蝴蝶不久消失

不知何时那早已干涸的河床上

已有水流在窸窸窣窣、窣窣窸窸

在中原中也的诗中，即使是孤独，也能在寂静的秋夜里闪闪发光。

第三章 ◆ 当回信礼数不周时：生活难得碎碎念念

中原中也未能及时给朋友回信时，他的解释也令人耳目一新：

你要不要快点儿来到我这里？月末之前我一直都在东京。

我想当面和你说说话。前段时间我收到你的信了，但是没有及时回复。这是因为我觉得写信不能表达我的情感，写信也配不上你的感情……我想尽快和你见面，坐下来好好聊聊。

中原中也的解释可以理解为"我认为单单一封书信不能回应你炽烈的情感，我只想尽快见到你，因此没有及时回信并不是我的错"。

若中原中也只是单纯地忘记回信，并且想要推卸责任，那么这个解释可以称得上是绝佳的借口，并且对每个人来说都具有极强的可复制性。但是，若我们单纯地认为中原中也只是为了推卸责任，就未免有些过于肤浅。

了解了中原中也、收信人和写信背景之后，大家便会了然。中原中也的文学天赋极高，受到同时代众多作家、评论家的尊敬，但年仅30岁便不幸患病去世。这封信的收信人是安原喜弘[1]，他与中原中也意气相投，是中原中也为数不多的好友之一。

二人并非狐朋狗友，而是真正的莫逆之交。

---

[1] 安原喜弘（1908—1992），84岁去世。出生于东京芝区，就读于京都帝国大学。昭和三年（1928年）与中原中也相识并成为朋友，次年，与中原中也、河上彻太郎、大冈升平一起创立杂志《白痴群》。

安原喜弘在作品《中原中也的书信》中写道：

"昭和三年（1928年）秋，我与中原初次相见……我20岁，中原21岁。……诗人的世界是纯粹的，也是感性的，注定无法融入正常人的世界里。中原一直在与周围的世界激烈碰撞，他是世界上最不幸的人。他的眼睛和他的皮肤都透露出冷漠。"

然而，安原发自内心地理解中原，理解中原无法融入正常人的世界的痛苦，我们是不是也可以说安原本身也是"与周围的世界激烈碰撞"，也是"世界上最不幸的人"呢？

他们二人在直面孤独的时候会谈论什么呢？当灵感在刹那间来临的时候，二人只有当面畅谈才能直抒胸臆。而这种时候，对于中也来说用书信交流未免过于缓慢。

安原深谙中也内心的想法，因此在收到中原的信之后，一定会对信中所列观点深表赞同。

时至今日，即使生活中的通信手段多种多样，但是邮件、手机、书信等始终无法代替面对面交流。有时，这正为我们见面提供了一个绝佳的借口。

太宰治

拿状态遮掩,
在信中乱写一通

> 内容如上。我的状态不好导致内容毫无逻辑，还请见谅。

　　太宰治与一名女性在东京三鹰町玉川上水投水自尽，结束了自己短暂的一生。后世评价太宰治时总说他是用生命满足女性的要求。诚然，太宰治的多情浪漫导致他以这种方式告别人世，但他绝非人们口中所说的怀疑主义者、虚无主义者、冷静的现实主义者甚至是利己主义者。

　　太宰治的随笔集《思考的芦苇》可以让我们窥见他对人生的看法，因此在进入正题之前，我们先一同欣赏书中的一个片段。

　　引用片段中的"曰"表示解释说明之意。

　　笛卡儿的《论灵魂的激情》一书声名在外却晦涩难懂，书中写道"崇敬就是渴望于己有利的一种情感"。在我看来，就算把"羞耻就是渴望于己有利的一种情感"或者"轻蔑就是渴望于己有利云云"这种信手拈来的情感，填上于己有利云云这个句子，也不会显得多怪异。哪怕是干脆挑明"任何情感，都是因为自私自利而产生"，好像也算是有点耳目一新的论调。奉献或谦让或侠义这类道德，早就把"于己有利"这个欲念隐藏在皮肤褶皱中了，所以现在就算有人毫无根据地批评"这其实是自私自利"，说不定还会让人敬畏地赞叹一声"您真是慧眼独具"。因此，笛卡儿其实并没有说出什么真知灼见。

　　在太宰治看来，"即使没有笛卡儿的作品，崇敬、羞耻、轻蔑、奉献、谦让、侠义等一系列美德也是一种伪装，用来掩饰自己的自怜自爱，用来伪装自己的自私自利"。

笛卡儿和太宰治的观点本身就传递出了一种解释和借口。

"解释、借口"在英语中是为"excuse"。上述表达感情与歌颂美德的词语在太宰治看来是自怜自爱、为自己开脱的外衣，这些词语被归结为借口与解释一类。

若如同太宰治所说，"任何情感，都是因为自私自利而产生"，那么道歉这个行为就并不是为了缓解他人的不快，而只是为了自己的心情而已。

道歉本身并不是为他人着想，而是出于掩饰"于己有利"这个欲念。这样一来，理由和借口似乎只是一种赠品，并不是一种重要的手段。

了解到太宰治对道歉的看法之后，我们再来看太宰治27岁时写给前辈小说家的一封信：

> 我已然放弃每年一部作品的想法了。我每天如同行尸走肉，死后留给人世间的只有不明就里、歇斯底里，还有矜持罢了。大家过分地追求"通俗"，这让我感觉就像是衣架子套大衣——没有内涵……我并不羡慕丹羽文雄❶。但是若能像他一样著作等身也是我的一个理想（并没有丝毫轻蔑，这两句话也不是什么悖论）。这个理想对我来说正如阿尔卑斯山一样高大。我拜读了您

---

❶ 丹羽文雄（1904—2005），101岁去世。小说家。文中太宰治的书信约写于昭和十一年（1936年），当时丹羽文雄在东京朝日新闻连载《年轻的季节》，创作量惊人，是当时日本颇具代表性的流行作家。

的《鸟麦日记》，让我感觉《思考的芦苇》根本上不了台面。

信中，太宰治感伤自己创作能力不足，反省自己过于自恋，批判通俗小说流行，羡慕又轻蔑人气作家丹羽文雄，还表示自己拜读了对方优秀的作品，对比之下，《思考的芦苇》简直不值一提。尽管书信的内容十分丰富，却让人感觉云里雾里，摸不着头脑。

然而，书信就要结尾了，太宰治也觉得必须点明书信主题了。遗憾的是，这封信的结尾依然仓促且敷衍。

内容如上。我的状态不好导致内容毫无逻辑，还请见谅。敬上。

按照《思考的芦苇》中太宰治对于道歉的看法推测，此时的太宰治必定认为自己在书信中致歉的目的不纯，因此没有过多推敲，仓促收尾，仅仅是用"状态不好"来为自己遮掩，试图蒙混过关。

虽说"状态不好"在这里稍显讽刺，但是一般来说，这是运用范围极广的一个借口。

作为借口来说，"因为状态不好，所以书信内容毫无逻辑"要优于"因为身体不好，所以书信内容毫无逻辑"。因为仅仅是"状态不好"，不会为收信人平添担忧。

此外，打趣他人的时候，也可以用"状态不好"来为自己收场。

不过，太宰治的"状态不好"虽极为真诚，但总会给人一种蔑视的感觉。这种风格和太宰治的文学作品可谓一脉相承，有异曲同工之妙。

室生犀星

宁可道歉,
也要坚守写作风格决不让步

室生犀星(1889—1962),73岁去世。诗人、小说家。代表作有诗集《爱的诗集》《抒情小曲集》等,小说《为性觉醒的时刻》《杏子》等。

> 书信水平拙劣，让您见笑了。

室生犀星凭借《故乡》一诗扬名日本文坛。一日，他收到志贺直哉寄来的作品《邦子》后回信表示感谢：

敬启　感谢您寄书给我。您的作品封面字体颜色无比精致、令人赞叹。读这本书的时候，我虽然有很多感受，但是我想到的是高高在上的日本文学界。您这部作品，我最喜欢的部分是接地气的地方。书信水平拙劣，让您见笑了。

《邦子》是志贺直哉的一篇短篇作品，故事以邦子丈夫的自责为开端，"邦子自杀我有不可推卸的责任。我从没想过要推脱责任"。故事的主人公是邦子的丈夫"我"，描述了"我"一边难逃内心的愧疚，一边想要为自己开脱的矛盾心理。

志贺直哉比室生犀星年长7岁，室生理应对其恭恭敬敬。此外，《邦子》风格沉重，一般人会选用与之契合的语言风格发表感想，并尽可能地增添内容的内涵。但是，室生的感想却反其道而行之，礼仪方面也并未严格按照惯例，可以说这样的做法在社交中稍显失礼。

为此，室生特地在结尾加上"书信水平拙劣，让您见笑了"来表示自己的歉意。

不过，室生并非是无意中犯下这种"错误"然后进行弥补，而是有意地贯彻自己以往的写作风格，然后在信尾添加解释而已。

第三章 ◆ 当回信礼数不周时：生活难得碎碎念念

其实，室生不仅在书信中如此，在文章写作时也十分重视贯彻自己的风格。

我曾经在高圆寺附近的二手书店偶然发现了室生的《我所热爱的诗人的传记》❶这一作品。虽然这本书为评传，但是语言风格依旧十分自然、平易近人，容易让读者产生亲近之感。

室生直接对话北原白秋、萩原朔太郎等同时代的杰出诗人，将他们毫无保留又充满温度地展现在读者面前。

> 萩原朔太郎的大女儿叶子在某本同人杂志上发表了一篇文章，记录了她与父亲朔太郎一起生活的回忆。这篇文章内容精巧，提到了女儿一直紧紧牵着父亲的手，还提到了女儿如何细致地照顾父亲，读到这些细节时，我的敬佩之情油然而生。

室生的写作风格平易近人，但是表现力极强。通过"女儿一直紧紧牵着父亲的手"这类细节描述将朔太郎和女儿的感情淋漓尽致又栩栩如生地展现在读者面前，胜过无数权威评论家的论文。

此外，室生还用到"内容精巧"形容朔太郎女儿的文章。室生的

---

❶ 《我所热爱的诗人的传记》：是诗人室生犀星采访其他诗人而写下的诗人评传。作品以稳健的风格介绍了北原白秋、高村光太郎、萩原朔太郎、堀辰雄、立原道造、岛崎藤村等诗人，给读者以强烈的亲近感。其中，在介绍立原道造时这样写道："与立原道造的回忆是十分快乐的。轻井泽的家中有一个院子，院子中有一把风吹日晒的木椅。每次立原上午来找我，看我在工作的话，便独自一人默默地坐在那把木椅上闭上眼睛开始打盹。"

065

作品本身就已经无比精巧，因此室生的描述又给了人无限的遐想，让人不禁想象朔太郎女儿的文章到底有多么精巧。

室生在这本书的后记中提到了坚持自己写作风格的理由。"虽说诗人评传习惯上用高大上的语言进行包装，但是在我看来，这是不相称的……"

室生用自己的行动告诉我们，有的时候希望借助高雅的语言说服别人反而会适得其反。

因此在书信当中，室生也坚持自己的原则，绝对不会用和自己不相称的写作风格。"书信水平拙劣，让您见笑了"这短短的一句话，也包含着深层含义：

"我深知书信当中用语水平拙劣有些失礼，还请您多见谅。但是我本身并非不懂礼数的人，我这样做只不过是不想用与我不相称的风格进行写作。在我看来，如果我在书信中伪装成另一个我，那才是真正的不合礼数。"

室生犀星的解释中隐藏了自己对于写作风格的坚守。

横光利一

信中拼命否认，
力证自己绝非工于心计之人

横光利一（1898—1947），49岁去世。小说家。代表作有《机械》《太阳》《纯粹小说论》等。大正十四年（1925年），《太阳》在出版后的第二年就被翻拍成电影，在当时引起了巨大的轰动。其导演为衣笠贞之助，曾凭借《地狱门》（菊池宽同名小说），于1954年在第七届戛纳国际电影节获得金棕榈奖，1955年获得第27届奥斯卡奖最佳服装设计。

> 因为我一直认为"年龄"是一个很神秘的东西，因此我从小十分尊重那些比我年长的前辈。

在进入正文之前，首先向大家推荐横光利一的《机械》。横光利一与川端康成同为新感觉派作家，因此若只读川端的《伊豆的舞女》而不知横光的《机械》便是一大损失。这种感觉只有在读完《机械》之后才能明白。

横光利一25岁时，凭借描写卑弥呼的爱恨情仇的《太阳》❶而在日本文学界崭露头角。当时，有一位年长横光利一8岁的作家前辈寄明信片来表示想要拜读《太阳》一书，于是横光利一回信表示感谢。不久，当二人见面时，前辈表示用信件回复明信片太过正式，不符合日本社会的一般惯例。

横光利一见状，感到深深的担忧。他担心自己的举动会被误会成工于心计，变相索要前辈的点评。于是，横光利一重新写信，阐明了自己用信件回复明信片的理由，解释了自己的目的。

我也认为用信件回复明信片多多少少是有些奇怪的。不过，因为我一直认为"年龄"是一个很神秘的东西，因此我从小十分

---

❶ 评论家河上彻太郎这样评论《太阳》一书："《太阳》虽然历时两年才出现在人们面前，但是这本书结构大胆、想象丰富，从文学作品的视觉色彩来看，这本书的诞生是当时文学界的一大奇迹。"这也解释了为什么下文中提到的作家前辈写明信片点名要看这本书，这位作家前辈是夏目漱石的门生——剧作家冈荣一郎。

第三章 ◆ 当回信礼数不周时：生活难得碎碎念念

尊重那些比我年长的前辈……您不必烦心去点评我的作品……我得知您读过我的作品就已经十分感激了。或许我的顾虑重重给您造成了困扰，我只是希望您在读书的时候能够开心轻松。对打扰到您再次表示抱歉。

在日本，用书信回复明信片给人的感觉十分隆重，可能会让人误会横光利一是有目的地想要接近有影响力的前辈。

信中，横光利一首先说出了前辈的困惑，然后表示自己绝没有奉承的意思，只是出于尊敬前辈的习惯才写信回复明信片。

但是写信的时候，横光又开始担心自己这样做会不会被误认为是在向前辈索求作品点评，于是又推己及人，以"或许我的顾虑重重给您造成了困扰"来证明自己进行了换位思考，证明"自己深知这件事情不仅给我带来了烦恼，也给您带来了困扰"。

横光利一在信中展现出来的偏执与《机械》一书中的心理历程异曲同工。

《机械》一书讲述了镀金工厂里的三名员工为争取老板的信任，在心理以及肉体上互相打压而发生的严肃又幽默的故事。

例如：

实际上我也知道自己很坏，但是"坏"到底是什么呢？当我看到轻部那善良的内心开始生气、恐惧之后，我反而开始感到平静。

读到这句话时，我惊讶于坏人屈服之后的内心独白，也惊讶于坏人那受虐之后的欢愉，惊讶过后我开始苦笑，或许是因为这篇文章戳中了我内心黑暗的一面。

横光利一擅长揭露人们的内心，他将目光投放到人们内心的最深处、最底端，将掩盖真实想法的面纱一层层地掀开，直逼内心世界。但是他的这种能力或许不适用于为自己辩解。横光利一总是在解释到一半的时候开始担忧自己的解释被误解，然后不停地开始新的解释，最后陷入无穷无尽的解释之中。

如果当我被前辈问到"为何要用书信回复明信片时"，我会直接回答"为了表示尊敬"。

但是横光利一顾虑重重，一开始只是"怕被误解为目的不纯"，然后解释为"认为年龄是很神秘的东西""我除了感谢之外别无他意""所以您无须进行评价"，最后简直是越描越黑，让自己陷入了死循环中。可以说横光利一用自己的亲身经历为我们树立了一个反面典型。

福泽谕吉

自我认知明确，
邀请函中不打自招

福泽谕吉（1835—1901），66岁去世。日本近代著名启蒙思想家、明治时期杰出的教育家。福泽谕吉在绪方洪庵学习兰学（西学）之后又学习英文，前往美国、欧洲游学后，撰写了《西洋事情初编》，介绍欧美文明，其作品《劝学篇》创下了极高销量。此外，福泽谕吉兴办《时事新报》，刊登政治、时事、社会、妇女等各个领域的社论。

> 水平有限，无法博人一笑，然诚邀编辑部各位同仁前来捧场。

"我是个孩子奴……"，这一般是溺爱孩子的父亲解释自己行为时的开场白。对于福泽谕吉来说，开场白之后往往是"我深知一直炫耀孩子的行为十分不礼貌，您听着也十分无聊不舒服。我十分体会您的心情，还请您原谅我的做法"。

福泽谕吉作为庆应大学的创始人、《劝学篇》的作者闻名海内外。而不为人知的是，福泽谕吉私下是一位三好男人，爱家、爱妻、爱孩子，对待孩子更是出名的"孩子奴"❶。福泽谕吉对这一点认知十分明确，因此他在溺爱孩子的时候十分注意周围人的眼光，尽可能避开周围人的指责。

大概明治十五年（1882年）以后，福泽谕吉47岁之后的一天，他在给自己的报社《时事新报》的编辑部工作人员发请柬时，为避免周围人指责自己过于溺爱孩子，他的请柬用词可谓是十分小心翼翼：

> 明日，小女欲在家中举办业余音乐会，吾愿邀好友前来捧场。明日午后二时三十分，小女备三味线诚邀大家前来。小女水

---

❶ "孩子奴"：曾经有一位庆应大学的外国女教师住在福泽谕吉别墅旁边的小楼里。那名教师的爱犬在追赶中不小心误伤了福泽的小女儿，于是福泽立马给负责外国教士的事务长写下抗议文章，称"今日写信为吾之爱女一事，吾之爱女被恶犬所伤……爱女伤势实为触目惊心。……无论如何理应将恶犬逐出"。

平有限，无法博人一笑，然诚邀编辑部各位同仁前来捧场。另，明日为休息日，若各位同仁有约在身，还请以先约为重，无须勉强。

大意如下：

"明天下午两点三十分，爱女将在家中举办三味线演奏会。虽然爱女水平不佳，但还是希望大家能够前来捧场。不过因为明天是休息日，若大家有其他安排，则不必勉强，根据大家的安排自由选择即可。"

"小女水平有限，无法博人一笑"虽然意为"小女水平不佳，演奏会也并无其他乐子"，但实际上是一种谦虚的表达，传达出自己"孩子奴"的特质。于是，这封信的本意便是"我深知让大家听一个小孩子弹奏三味线有多么痛苦，我也十分同情理解大家"。

此外，因为演奏的时间恰逢周末，福泽谕吉还没有忘记减轻大家的心理负担，避免这个邀约带有强制赴约的嫌疑。他让大家以自己的安排为主，也避免了滥用职权的问题。

当父母溺爱孩子的时候，最好在话语中或者文章中用词语来表明自己的定位，表明自己"深知自己是一个十足的孩子奴"。

这样一来，至少不会让别人看到自己"孩子奴"的行为后大吃一惊，没准儿还会赢得他人会心的笑容。

芥川龙之介

行事谨慎,若书信潦草则先行道歉

> 稿纸写信多有冒犯。

过去，作家手边从不缺稿纸，因此总是习惯用稿纸来代替信纸。然而，稿纸毕竟是排字工人进行排版时使用的草纸，直接用稿纸写信多少有些失礼。

因此，每次芥川龙之介用稿纸写信时，总会在开头先行道歉。

> 敬启　请原谅我使用稿纸写信。您寄过来的目录我已经看过了……

大意为"我深知略去寒暄客套并且用稿纸写信不符合社交礼仪，因此还请您多见谅。您寄过来的目录我已经全部看完……"。

除此之外，芥川龙之介还会这样道歉：

> 贸然用稿纸写信多有得罪。序文和书信一同给您寄过去……
> 稿纸写信多有冒犯。您的书信我已收悉，小生模仿古今中外的天才……

日本写信时有一条不成文的规矩，即若信件中的寒暄不合乎礼仪规范时，要在信件中添加解释性的话语进行说明，来表示"我深知正确的礼仪规范，并非无礼之人"。

此外，当芥川龙之介的书信漫无条理、字迹潦草时，他多会使用

"字迹潦草不恭"来表示自己多有唐突。

  上述内容繁杂，不仅有道歉、有拒绝，还有各种牢骚话。字迹潦草不恭，请多原谅。这封信的目的是快速传达我的意图。
  字迹潦草不恭，多有得罪。总之以此信为复。
  只因我思绪万千，导致上述信件内容稍显随心所欲，字迹潦草不恭，多有得罪，不赘。

  "不赘"意为"草草致歉，不尽欲言"[1]。芥川龙之介在意识到自己字迹潦草时完全可以重新誊抄一份，然而他却选择在书信中表明自己的歉意来避开对方的责怪。
  不仅如此，当芥川龙之介自觉自己的语言微微出格，可能会有所冒犯时，他还会使用"口出狂言"之类的客套话以期挽尊。

  还有一事，听说你十分中意大岛风景小幅画作绘画协会的文章。不过我认为你只需略表欣赏即可，无须觉得文章过于华美、文笔甚佳，因为此文似乎无法强烈地吸引人们加入协会。口出狂

---

[1] "敬启"和"草草致歉，不尽欲言"都可以视作一种解释：所谓"敬启"是用来解释书信开头省略了寒暄客套；而"草草致歉，不尽欲言"则是用来解释为什么书信毫无逻辑、天马行空。其实只要不省略寒暄语，将书信字迹书写工整，内容书写通顺便可以避免这些解释，但是人们往往意识到问题却没有改正。因此这些解释是用来为自己开脱的，即使没能完全开脱，至少也能获得一点儿原谅。

言，多有得罪。

"狂言"便是毫无根据的自吹自擂。

"口出狂言，多有得罪"与"稿纸写信多有冒犯"以及"字迹潦草不恭，请多原谅"一样，都是一种看似并不重要的解释与说明，但是有没有进行这个解释给人的印象确实不同。

芥川龙之介在作品《侏儒的话》中的《琐事》一文中这样写道：

  为使人生幸福，必须热爱日常琐事。云的光影，竹的摇曳，雀群的鸣声，行人的脸孔——须从所有日常琐事中体味无上的甘露。

  问题是，为使人生幸福，热爱琐事之人又必为琐事所苦。跳入庭前古池的青蛙想必打破了百年愁忧，但跃出古池的青蛙或许又带来了百年愁忧。其实，芭蕉的一生既是享乐的一生，又是受苦的一生，这在任何人眼里都显而易见。我们为了微妙的快乐，也必须承受微妙的痛苦。

因为不经意间的一句解释而放心的时候，我们恰恰感受到了省略解释时的忐忑。

寻找借口诚然令人挖空心思，但又的确给人带来极大乐趣。

第四章

当不想提供帮助时

一切都是最好的安排

高村光太郎

拒绝为他人作序，
否定序言存在的必要性

高村光太郎（1883—1956），73岁去世。诗人、雕刻家。代表作有诗集《道程》《智惠子抄》等。其诗风刚健、抒情色彩浓烈，将自然之美表现得淋漓尽致，为日本近代诗歌打下了重要的基础。诗句「我从冬天得到力量，冬天是我的饵料」表现了他深不可测的生命力。

> 序文到底是什么呢？我总觉得对于作品来说，序文有些画蛇添足。

我曾是一名摄影杂志的编辑，由于工作原因，多次在著名摄影家的摄影展上接触过众多名作。但是我时常在思考为摄影作品取名的必要性。

有无数个作品因为名字而埋没。比如说为"黑云压城城欲摧"的照片取名为《焦虑》，为鳞次栉比的高楼照片取名为《墓碑》等，看到后只让人觉得惋惜。

实际上，有时题目会限制人们的想象，作品的形象也会因为题目的暗示而固化。但是，倘若直接取名为《无题》，又稍显粗糙随意。

诚然，也有作品因为得到了一个好名字而扬名于世，但是这样的例子少之又少。我挚爱的摄影师恩斯特·哈斯的作品集中，有几幅作品名便是《无题》。在哈斯看来，这些作品要自己为自己代言。

高村光太郎的想法与哈斯有异曲同工之妙，他也将这个想法当作借口来拒绝他人。昭和二十二年（1947年），诗人菊池正寄来明信片请高村为自己的诗集作序，但是高村写信表示拒绝。

您的明信片我已收悉，您的诗作我也已经拜读。您的诗作源于生活，但是又透露着清高和锐利，是极为出色的作品。

但是您是否可以重新考虑一下请我作序一事？序文到底是什么呢？我总觉得对于作品来说，序文有些画蛇添足。我从来不给作品加序,《道程》一书中也没有序文。

我也从未要求他人为我写序。我认为您可以自己为作品加序。惠特曼在《草叶集》中便自己写了一篇长长的序文。虽说由他人作序是东方国家的惯例,但是您可以重新思考一下,序文到底是什么?

一般来说,作者都会邀请比自己位分高、名气大的作家为自己的作品加序,在序文中对自己进行一番褒奖,这也算是一种形式的镀金。此外,自己作序便是在序文中大致介绍本书内容,解释写作背景,有时也会介绍写作过程中的奇闻逸事。

然而,对于高村光太郎来说,不论是自序还是他序,不论是褒奖还是介绍写作背景,抑或是讲述奇闻轶事,他都认为是画蛇添足。高村还用自己的诗集《道程》举例,为自己的观点增添说服力。

这的确是一个方法。当拒绝他人时,我们可以向高村学习,将事情的必要性作为一个问题抛给对方。如果对方被自己说服,也认为这件事毫无必要,那就是最好的结局。这样既不耽误他人,也不会令自己平添愧疚。可以说,高村光太郎为我们提供了一个可以运用到各种场合来推脱责任的极佳范本。

最后,让我们看一下这封信的效果。

昭和二十二年(1947年)以后,菊池正所作诗集的序文并没有被收录到《高村光太郎全集》中。也就是说,高村成功拒绝了菊池正的请求,没有为他作序。

不过，时间拨回到三年前，也就是昭和十九年（1944年），高村在《菊池正诗集（北方诗集）》中作序，"我愿与君相伴而行，直到天尽头"。这句话源于高村诗集《道程》的第一句诗"我的前方没有路，我的后面出现了路"。高村用自己的诗句为菊池正作序，可谓表达了对他强有力的声援。此外，高村也为其他诗人陆续写过序文。

由此可见，昭和二十二年（1947年）时，高村坚持"序文无用论"并不是真的认为序文无用，而是单纯地拒绝菊池正的请求。他用冠冕堂皇的借口隐藏了对菊池正要求太多的埋怨。

谷崎润一郎

自己感情生活不顺,
面对弟弟的感情咨询哑口无言

> 我没有资格向你提出任何建议。因为我现在对自己的婚姻并不满意，甚至还有些后悔。

哥哥拖延很久才写信回复弟弟咨询的情感问题，幸好并没有遭到任何埋怨。这样的哥哥在日本恐怕也只有谷崎润一郎了。

谷崎润一郎的弟弟谷崎精二[1]与哥哥一样热心文学。大正五年（1916年），26岁的谷崎精二向谷崎润一郎写信咨询情感问题，但是直到30岁时才收到哥哥润一郎的回信。

大正四年（1915年），谷崎润一郎与石川千代子结婚，千代子的三妹三千子与二人同住。婚后不久，谷崎与三妹的感情逐渐暧昧，最终导致与千代子的婚姻摇摇欲坠。大正六年（1917年），谷崎正式与三妹同居。这段不伦之恋被谷崎写成了他前期的代表作《痴人的爱》。正当谷崎陷入不伦之恋时，他的弟弟写信来向他咨询感情问题。于是，谷崎时隔四年才正式回信。

> 我其实很早就想给你回信……拖到现在是因为不知道该怎么回答你的问题。对于情感问题，我没有资格向你提出任何建议。因为我现在对自己的婚姻并不满意，甚至还有些后悔……我连自

---

[1] 谷崎精二（1890—1971），81岁去世。小说家、英语文学者，谷崎润一郎的弟弟。昭和十年（1935）起担任《早稻田文学》的主编，而后担任早稻田大学教授、文学部长。代表作有《离合》《结婚期》等。

第四章 ◆ 当不想提供帮助时：一切都是最好的安排

己的事情都处理不好，更遑论去担心他人、给他人建议了。

总而言之，谷崎润一郎诚实地告诉弟弟"当下毫无心思为弟弟解忧"，因此未能及时回复信件。但是，或许是出于大哥的责任感，谷崎并没有就此结束，而是在信中明确反对弟弟结婚，并且提供了他这个过来人的教训。

现在的你，应该尽可能地创作，尽可能地学习，尽可能地简化自己的生活，绝对不要沉迷于无意义的享乐之中。无意义的享乐对于艺术没有丝毫帮助。我现在就已经后悔了。诚然，了解"女人"十分重要，但是沉迷女色绝对不是了解"女人"的手段。我就是因为过于堕落，才走到今天这一步的。

谷崎的回信十分有说服力。因为自己婚姻不顺，所以不知道如何回答弟弟的情感咨询，因此未能及时回复。读到这封回信时，我们仿佛能清晰地看到谷崎迷茫的面孔，仿佛能清晰地听到谷崎腹诽"这种事情不要拿来问我"。尽管这封回信迟到了四年，但是想到自己的哥哥陷入丑闻风波日渐憔悴，弟弟自然也无法责备[1]。

因此，我们得到一个结论：若一个人比自己还要悲惨，那么他的

---

[1] 兄弟关系：除了上述信件之外，还有一封信可以佐证二人的关系，即谷崎润一郎写给精二的信："我对于父子、兄弟这类有血缘关系的亲人总是无法敞开心扉。"

解释将无比具有说服力。

也就是说，若一个人比自己还要悲惨，那么当他反省自己并拿自己的例子佐证时，他的话语将无比具有说服力。

谷崎润一郎在感情中极度偏执，遇到自己崇拜的女性，甘愿为她当牛做马，甘愿被她玩弄于股掌之间。他的这种态度不仅在文学世界中可见一斑，在现实世界中也表现得淋漓尽致。因此，当谷崎在回信中一本正经地给出建议，是让人吃惊的。

尤其是读到谷崎润一郎的悔恨时，我既感到十分意外，却又不禁发笑。

谷崎润一郎不论是在解释还是在说教时都一本正经，然而就在这一本正经中有着一丝意想不到的幽默。这一丝幽默便是谷崎润一郎的文学作品中重要的一部分，能够为如同和服一样高贵的文学渲染上更加亮丽的色彩。谷崎的文学的魅力与神秘色彩愈发浓厚。

藤泽周平

谨言慎行,
甘愿隐姓埋名

藤泽周平(1927—1997),70岁去世。小说家。代表作有《暗杀的年轮》《黄昏的清兵卫》《蝉时雨》等。作品主要描写江户时期老百姓和下层武士的悲惨生活。

> 我现在也没有打算以作家的身份示人。我只不过是在业余时间做了点儿与文学相关的事情而已。

我曾是一名杂志记者，工作内容是邀请作家和艺人谈一谈育儿经验，然后由我整理成访谈的形式进行刊登。我所供职的杂志社小有名气，因此我在职期间总是行程满满。但是有一次，一位相当有名的女性作家却郑重地拒绝了我的邀请。

请允许我拒绝您为我整理育儿经验。我勉强算是一位作家，如果我要分享育儿经验，我希望由我自己来执笔完成。请您见谅。

这位作家已经是一名大家了。当时我收到这封具有大家风范的拒绝信后大吃一惊，却又心悦诚服。这封信用词严谨，充分彰显了作家的矜持，令人心生感动。我当时读完这封信后，对比自己比上不足比下有余的状态，陷入了深深的自卑之中。

这封信或许只是一名老练的作家回绝他人的一个惯用借口，但是对于一个二十岁出头的毛头小子来说却十分具有说服力。

因此，当我看到藤泽周平的拒绝信时，我的脑海中首先浮现的便是那位作家写给我的拒绝信。两封拒绝信如出一辙，清晰地唤起了我的回忆。

藤泽的拒绝信是写给松本俊夫的。松本俊夫是当时《山形新闻》

第四章 ◆ 当不想提供帮助时：一切都是最好的安排

"欢迎来山形文学做客"这一连载栏目的主笔人。

藤泽与松本是山形师范学校的同学。学生时代，二人一同加入了同人杂志《碎冰船》。昭和四十六年（1971年），藤泽周平凭借《他们的溟海》一书获得"ALL读物"新人奖[1]后，松本写信提议藤泽能够看在二人交情的面子上允许自己在连载栏目中以作家的身份介绍他。

对此，藤泽写信表示拒绝。

> 谢谢你的来信。我虽然明白你的意思，但还是感觉你所说之事为时尚早，对此不知道你的看法是什么。我虽然有幸凭借作品获得"ALL读物"新人奖，但还称不上一名作家，我现在也没有打算以作家的身份示人。我只不过是在业余时间做了点儿与文学相关的事情而已。

藤泽时年44岁，却还是以"为时尚早"为由拒绝了松本的提议。

虽然一个人的谦虚程度与年龄有关，但是藤泽本身就理智冷静、恬淡优雅，忌讳狂热与冲动。

此外，藤泽的本职工作是日本食品经济报社的编辑。他不喜欢自己仓促地以作家的身份示人。他脚踏实地，不缓不急，终于在3年后，也就是47岁的时候，才辞去工作，专心致志地从事创作活动。

---

[1] 以杂志《ALL读物》为名，由日本文艺春秋社始办于1962年的短篇推理小说新人奖。

不论是充满大家风范的拒绝信，还是那一句悠然自得且信心十足的"为时尚早"，都让人无比钦佩。尤其是藤泽信中的字里行间都表明了他拥有坚定的信念，不轻易被他人影响，面对名利坚守内心的良好品质。藤泽的拒绝信没有丝毫虚情假意，凭借真诚与可靠成功地说服了对方。

不论是开头提到的女性作家还是藤泽周平，他们的谦逊以及谨慎绝不是迂腐陈旧。他们的书信中蕴含着对自己的强烈自信，特别是藤泽周平，他的书信中真正想表达的是"我现在虽勉强算是个作家，但是我肯定会取得更大的成就""总有一天，我会成为一名被自己认可、受他人尊重的作家"。

或许正是这种傲骨与风范成功地说服了我。

岛崎藤村

拒写悼词，声称追思故人另有他法

岛崎藤村（1872—1943），71岁去世。诗人、小说家。代表作有诗集《若菜集》、小说《黎明之前》等。创作初期，岛崎凭借青涩的恋爱诗歌在文坛崭露头角，而后转型为小说家。

> 小生的方式便是沉默，并将这份沉默转化为对故人的思念之情。

日本画作中的留白往往承担着更多的情感。岛崎藤村似乎领悟了日本画作的真谛，借口用"沉默"表达情感，试图拒绝他人的邀稿。

作家以遣词造句为生，因此作家的沉默相当于画作中的留白一样珍贵。有时，往往是那些没能说出口的话语最能传情达意，因此岛崎采用的拒绝策略可以说十分巧妙。

德富芦花去世后，昭和三年（1928年），《芦花全集》即将问世。在此之际，出版社以及芦花的朋友希望岛崎能够写一篇文章表示对芦花的追思。但是，岛崎却写信拒绝了这一请求。

　　敬启　小生自有小生自己的方式来追思德富芦花，来回忆芦花一生的贡献，小生的方式便是沉默，并将这份沉默转化为对故人的思念之情。……

　　当今世界太过嘈杂，因此请允许小生任性地拒绝这个请求。

以"沉默"追思故人是无比虔诚的，任何人都无法怀疑，这个理由具有强大的说服力，因此任何人都没有办法指责岛崎没有礼貌。

这也算是利用解释为自己进行辩解的一种手段。

不过，岛崎拒绝写悼词到底是因为不想写呢，还是真的因为想要哀悼故人？真实情况似乎另有隐情。《岛崎藤村全集》中对这封信的注释为我们提供了一丝线索,"《芦花全集》(昭和三年十月五日·新潮社刊)第一卷的出版似乎有些不对劲"。

也就是说,岛崎是因为"有些不对劲"而心生不满,才拒绝为芦花写悼词。因此,那封信给出的拒绝理由似乎是岛崎为自己编造的。

但是无论如何,岛崎的理由无比强大。尽管理由已经足够强大,岛崎还是在文末用"当今世界太过嘈杂"对自己的借口进行了补充。岛崎是正确的,无论哪个时代,世界都是无比嘈杂的。

然而,岛崎的补充多少有点儿画蛇添足的嫌疑。这句话让整封信显得有些用力过猛,有损岛崎睿智高尚的形象。

试想一下,当我们拒绝别人借钱的请求时,我们只要说自己同样捉襟见肘就好,但是我们一旦加上"当今世界奢靡成风"之后,就会无意中扩大我们讨论的范围,不仅会让人觉得我们说话毫无逻辑,也容易中伤对方,让对方心生不满。

因此,"当今世界太过嘈杂"也容易被误解成是岛崎对对方的一种蔑视,一种影射,从而让岛崎被贴上"防备心过重"的标签。

当我们对自己的解释或借口进行补充说明时,一定要注意不可一味抬高自己贬低对方。

当然,如果岛崎的目的原本就是全盘否定对方的话,那么这个补充说明则另当别论,甚至可以说是恰到好处地讽刺了对方,并将讽刺效果发挥到了最大。

森鸥外

文武双全却不善书法,
面对他人求字只能婉拒

森鸥外(1862—1922),60岁去世。小说家、军医。代表作有《舞姬》《青年》《阿部一族》等。精通中西方文化,其强大的知识储备和良好的教养使他具有高尚的道德、伦理观以及敏锐的洞察力,与日本近代文学之父夏目漱石并称为「文坛双璧」。

> 但是小生书法极差，您说的这几个字我从未写过。

森鸥外年仅19岁便获得东京大学医学部学士学位，为研究卫生学以及陆军卫生制度，赴德国深造近5年，回日本后就任陆军医学校校长一职。同时，森鸥外将自己在德国留学期间的恋爱经历写成《舞姬》出版，扬名日本文坛。森鸥外文武双全，拥有极强的天赋，得到日本国人的尊崇，一时风光无限。

自此，慕名而来希望森鸥外挥毫题字的人络绎不绝，他们都希望森鸥外能够挥笔而起赐墨宝一幅。明治二十四年（1891年），诗歌集《一片月亮》的作者金子薰园❶写信给森鸥外希望赐字一幅，但是森鸥外却回信拒绝了这个请求。

书信前半段大意如下：

> 敬启 很早以前我就拜读过您的大作，发自内心无比地尊敬您。前几日您又将《一片月亮》寄给我，实在是无比惶恐又无比荣幸。

前半段通过寒暄表示了自己的尊敬，接着便拒绝了金子的请求。

---

❶ 金子薰园（1876—1951），75岁去世。和歌诗人。本名雄太郎。东京府寻常中学（现日本比古高中）肄业。后加入落合直文的"朝香社"。明治三十四年（1901），发表《一片月亮》。

您希望我能写"臙山云海……"等字送您，但是小生书法极差，您说的这几个字我从未写过，现在也是无比犯难，不知该如何下笔。我去大阪等地时，若当地人责怪我的书法，我便找朋友代笔。

的确，书法对于多才多艺的森鸥外来说就是"阿喀琉斯之踵"。从森鸥外流传下来的手稿来看，他的字虽然说不上难看，但是绝对不能说是墨宝，甚至都不能说是独树一帜。森鸥外的字迹难以匹配他光辉灿烂的一生。

森鸥外通过书信极为真挚地传达了"我写字十分难看，挥毫题字对我来说宛如天方夜谭。若我之前多少接触过书法，那么我拒绝您的请求便极为不妥，但是我的确不善书法，因此希望能够得到您的原谅。不仅如此，我还将自己不得已找朋友代笔的糗事告诉了您，希望能够为我的拒绝增添一些说服力"之意。

众所周知，书法、绘画、音乐这些艺术需要极强的天赋。因此，当我们拒绝这类请求时，只要像森鸥外一样强调自己写字难看、没有审美、五音不全，根本没有这方面的天赋，一般都能获得理解，不会置自己于不仁不义之地。

但是话说回来，虽然森鸥外以此为借口拒绝别人，但是他从不认可别人以没有天赋为借口拒绝自己。森鸥外曾给自己妻子的妹妹荣子写过这样一封信：

因为自己不善书信便从不写信，自己不擅长根本不能作为借口。我又不会把你的书信当成学习范文。而且我给你的这封信也并不高明，因此你的借口简直就是无稽之谈。

各位读者一定要注意，用自己不擅长作为借口并不一定会成功。

第五章

当行为举止失礼时

你我皆凡人

山田风太郎

好心办坏事,
过于大意反而出卖同伙

山田风太郎(1922—2001),
79岁去世。风太郎的作品涉及传奇小说、推理小说、时代小说等多个领域,拥有极高人气,被誉为"不按常理出牌的奇才"。

> 不逊，对不起。造成今天的局面我无话可说。面对警察时我本该是最冷静的那一个，但是我却没有做到。

1936年左右，著名历史学者奈良本辰也曾在旧制中学教书，山田风太郎便是他的学生之一。其他老师曾经提醒他留意风太郎，称"风太郎这个孩子头脑机灵，但是所有的老师对他印象都不好，你要多多注意"。

山田风太郎在读书的时候加入了"坏孩子联盟"，他们躲在宿舍房梁之上的秘密小屋抽烟，猥琐地看着女明星的照片偷笑，还一时兴起去书店盗书。

终于有一次，他们的恶行败露，警察介入其中，将他们几个人带回了警察局进行讯问。昭和十五年（1940年）二月，他们中学毕业的那年，"坏孩子联盟"中的一个孩子被管制，供出自己盗书这一罪行，还将风太郎供了出来。细细讯问之下，警方查明风太郎前前后后竟然盗书三百二十八册，令人惊讶不已，坐实了他"书虫"的名号。

风太郎自然也被带到警局，他一心想要包庇小西哲夫。因为小西毕业之前考入海军学校，成了一名水兵，于是他对警察说："小西能够加入海军，足以证明他品德高尚纯洁。"

风太郎在调查中伺机用手边的材料做成笔状简易信封，给小西寄信，提醒他警察已开始调查一事。

但是，小西因为这封信遭到了领导怀疑。领导讯问了小西和风太郎的关系，并打算处分小西。于是，风太郎重新给小西写信道歉。信中的"不逊"是小西的外号。

第五章 ◆ 当行为举止失礼时：你我皆凡人

不逊，对不起。造成今天的局面我无话可说。面对警察时我本该是最冷静的那一个，但是我却没有做到。我们几个盟友之中，我是最想保护你的。本来希望你能为此感到开心，但没想到你会因此感到烦心，真的是令我无比后悔。你可能会被开除，而我什么都做不了。

"这不像是我能做出的事情，竟可能让你的水兵生涯'化成了泡影'。我非常担心你，很为你心痛。虽然我犯下了如此大的错误，但还是希望你能原谅我。"风太郎信中的表述虽然看起来像是为自己开脱而找的借口，但是十分率直真诚且爽快，又掺杂着一丝滑稽。读到这封信之后，平常天不怕地不怕的风太郎狼狈的模样跃然纸上，想到这里，想必小西也会感到释然，从而原谅风太郎的所作所为。

风太郎这封信为我们展示了如何写出一封不遭人讨厌的道歉信。

此外，这封信体现了风太郎纯粹又大胆的性格，充满了戏谑意味。风太郎的性格也是其各种题材作品创作的动力来源。

风太郎凭借自己的大胆想象❶，创作出了《魔界转生》、忍法帖系

---

❶《他很惊讶》：若希望辩证地看待山田风太郎如野马般的想象力，我们可以从他的随笔《人间万事是谎言》入手。这部随笔作品中有一篇文章名叫《他很惊讶》，在这里只介绍开头一段。"只有侦探小说家从早到晚都在想方设法设计陷阱。从这一点来看，侦探小说似乎不是高等文学作品。此外，侦探小说的忠实读者从早到晚都在期待小说家能够设计出好的陷阱。在我看来，侦探小说的乐趣就在于最后的出其不意。"风太郎总喜欢为自己或他人"设计陷阱"，因此从偷书事件来看，警察没能设计好陷阱将风太郎一伙一网打尽，反而使风太郎感到遗憾。风太郎掉进陷阱中捶胸顿足时才是愉快的。

列和《战中派不战日记》《山田风太郎育儿日记》等日记文学。此外，代表作《人间临终图卷》收录了古今中外数千位知名人士临终神情。风太郎任由自己的好奇心肆意生长，为自己带来了旺盛的生命力，这从他的书信中可略知一二。

新美南吉

惹前辈生气，
反省中又夹杂一丝辩解

新美南吉（1913—1943），30岁去世。儿童文学作家。18岁时创作的小说《正坊和阿黑》和次年创作的《小狐狸阿权》等接连被日本首个儿童杂志《红鸟》选用，新美南吉本人也得到了杂志《红鸟》主编铃木三重吉的认可。后来，《小狐狸阿权》被选进日本教科书，时至今日也是一篇脍炙人口的童话作品。

> 我们出生在最糟糕的年代……我不知不觉地模仿了宇野、井伏、牧野写作风格中最无聊的部分（在你看来）。

在生活中，我们总是能遇到一个愿意照顾自己的前辈，但也难免会惹对方生气。当我们惹前辈生气后，最好的方法便是不找任何理由，直接低头认错。就算不明白前辈为什么生气，也要先低头认错，这才是上策。就算前辈毫无道理地生气，也会因对方对自己的照顾而忍气吞声。

但是，我们不能仅凭借一声"对不起"便妄想平息对方的怒火。有时这种仅凭一句道歉便敷衍了事的态度反而会火上浇油。

这时我们首先要解释自己为什么会犯错。然而一旦解释失败，就会像丑闻缠身的艺人或政客一样，置自己于万劫不复之地。

《小狐狸阿权》的作者新美南吉也遇到过这样的事情。

进入正题之前，先让我们回顾一下《小狐狸阿权》的主要内容：

> 这是一个关于小狐狸赎罪的著名童话故事——阿权是一只淘气的小狐狸，有一天，它看到兵十在捕鱼，就想恶作剧，把鱼全部放生了。后来它才知道，兵十的妈妈病危，想要吃鱼。阿权很后悔，决定好好补偿……

新美南吉与年长自己8岁的巽圣歌成为莫逆之交。在巽圣歌的帮助下，年仅19岁的新美南吉就在儿童杂志《红鸟》上刊登了《小狐

第五章 ◆ 当行为举止失礼时：你我皆凡人

狸阿权》。

巽圣歌是一名作词家，创作了著名童谣《篝火》，这首童谣从首句"在围墙的围墙的拐角处"开始，在日本大街小巷广为传唱。虽然新美南吉年仅30岁便因患肺结核不幸逝世，但是二人的友情一直伴随着他短暂的一生。

1942年，29岁的新美南吉即将迎来自己生命的终点。他在首部童话集《爷爷的煤油灯》出版之前，将后记寄给巽圣歌，希望巽圣歌作为前辈能指点一二。

不承想，巽圣歌对后记的评价极为苛刻。后来，巽圣歌回忆这件事情时写道："我认为他的后记很是不妥。整篇后记过于诙谐，给人高高在上的感觉……我对他说，作为一名新人作家，自己的首部作品写成这样实在太不应该。"

当时新美南吉收到巽圣歌的评论后，立马写信道歉：

> 对此我无地自容……我们出生在最糟糕的年代，我的性格过于懦弱，以至于不能将所思所想坦诚地表达出来……对我来说，宇野浩二、井伏鳟二、牧野信一的魅力就在于他们戳中了我们内心的虚无。因此我不知不觉地模仿了宇野、井伏、牧野写作风格中最无聊的部分（在你看来）。

诚然，信中开头的"对此我无地自容"是一句道歉，接着便是对事情进行解释。这封道歉信可以说十分卑微又十分郑重。

109

但是，仔细分析便会发现这其实充满了借口。新美南吉首先表明"我们出生在最糟糕的年代"，以此把创作这篇"高高在上"的后记❶的原因归结于时代。可以看出，新美南吉并不是真的"无地自容"。

而后，新美南吉在信中又将原因归结为宇野、井伏等人，表明自己的创作如此不堪是因为无意中模仿了这些作家的创作风格。不过，南吉的借口中最大的亮点不是拿时代和其他作家挡枪，而是括号里面的内容。"最无聊的部分（在你看来）"，这句话的含义便是南吉并不认同巽圣歌的观点。

读到这里，我不禁想象巽圣歌收到这封信后，究竟是认为南吉丝毫没有悔改之心而更加生气，还是会反省自己的点评是否妥当而重新审视自己？

遗憾的是，迄今为止并没有关于当时巽圣歌心理活动的文字记录。但是巽圣歌的作品《新美南吉的书信与他的一生》中有这样的记述：

"似乎我也没有发怒的理由。不过那样的后记对于童话来说过于严肃，对于一篇散文来说又稍显口语，这是我最不喜欢的地方。"

巽圣歌的记述令人大吃一惊。根据他自己的记述来看，他没有发怒的理由，他的记述当中也没有出现"过于诙谐""高高在上"这样

---

❶ 《爷爷的煤油灯》后记（节选）："这是我的首部童话集，因此内心难免有些紧张。……若各位小朋友读了这本书觉得索然无味，那这完全是我的罪过。我最在意的是各位小朋友喜不喜欢这本书。……若你们读完之后，过了三个月又想重新读一遍，那将再好不过。"

的负面词语，而是用"稍显口语"这样不痒不痛的词语来挽尊。也就是说，或许巽圣歌接受了南吉的解释与道歉，认识到了自己的点评似乎失之偏颇。

我们在惹怒前辈时，应该第一时间表示歉意。若认为前辈的批评失之偏颇，我们则可以向南吉学习，在解释中隐藏自己的辩解，这样一来，前辈或许会认识到自己的批评存在不妥之处。

此外，我们还应当向小狐狸阿权学习，第一时间反省自己的错误并表示歉意，这样可以避免对方把道歉误解为借口。

及时地道歉可以为借口赋予真诚的色彩。

新美南吉遭到巽圣歌的批评后第一时间写下道歉信，这也是避免让巽圣歌将道歉信误解为辩解信的重要方法。

有岛武郎

擅自为朋友报名画展，
事后只得真诚道歉

有岛武郎（1878—1923），45岁去世。小说家。代表作有《一个女人》《该隐的末裔》《与生俱来的烦恼》等。有岛武郎的一生中都贯穿着对自己以及人类的爱，但是他最后却与有夫之妇陷入不伦之恋，双双殉情。

> 不过我认为我的出发点是好的,因此希望你能忍受我这次的行为。

有岛武郎的作品《与生俱来的烦恼》中描述了一位挣扎于生活与艺术创作之间的年轻人。这位年轻人的原型便是画家木田金次郎[1]。

现实生活中,有岛武郎擅自为木田报名参加二科会[2]的画展,但木田遗憾落选。为此,有岛武郎苦恼万分,便写信向木田道歉,解释自己这样做的理由,并希望木田可以原谅自己。

在介绍这封书信之前,我们有必要先简单了解一下二人的关系。

木田金次郎出身于北海道岩内町,是当地一名渔民的儿子,家中靠捕捞鲱鱼为生。他高中在东京一所学校就读,但因家境贫寒,只好中途退学,返乡成为一名渔民赚钱贴补家用。当时,"黑百合会"第三次画展在东北帝国大学农科大学(现北海道大学)举办。木田返乡途中偶遇画展,有岛武郎的作品给予木田强烈的震撼。于是,木田开始了自己的创作生涯。

有岛武郎出身于权贵家庭,父亲是大藏省官员。有岛武郎25岁时便赴美在哈佛大学学习。29岁回日本后,与志贺直哉、武者小路实笃等人一同加入《白桦》杂志,开始文学创作。在这之前,有岛在

---

[1] 木田金次郎(1893—1962),69岁去世。出生于北海道岩内町,著名画家,是有岛武郎作品《与生俱来的烦恼》中主人公的原型。大正十二年(1923年),有岛武郎去世后,木田毅然放弃工作选择了艺术。他的作品风格无拘无束,灵感多源于岩内的自然风光。

[2] 日本美术家团体。

东北帝国大学农科大学担任教师,创立美术社团"黑百合会",自己也经常发表印象派油画作品。

这次画展之后不久,木田带着自己的画作登门拜访有岛武郎。

有岛武郎在以木田为原型创作的小说《与生俱来的烦恼》中记述了当时木田登门拜访的场景,并描述了二人的关系。

"你坐下后,粗鲁地将自己的画摆到了我的面前……当时在我看来,你就是个毫无礼貌的毛头小子",但是,"仅仅一眼,我就被你的画震惊了。虽然作品缺少打磨,创作技巧也稍显幼稚,但是画作中隐藏着一股力量,隐藏着作者的律动,让我极为震撼"。

故事末尾,有岛还写道:

> 我尽力克制自己劝说你抛弃一切阻碍艺术的欲望。在我看来,只有你自己有资格做出这个选择。

《与生俱来的烦恼》通过描写挣扎于生活与艺术之间的木田,淋漓尽致地表现了艺术家的普遍烦恼。

在小说中,有岛武郎将生活与艺术的选择权交到了木田自己的手上,但是现实生活中,似乎有岛有意推动木田专心从事艺术创作。

当读过有岛的道歉信后,我们就能明白有岛的苦心。有岛的道歉信中除了解释事情的经过,也暗含了自己对木田的鼓励。

木田金次郎先生

> 这件事已经被各大报纸报道，因此我现在无论如何也要解释一下。我的确拿你的画作为你报名参加二科会的画展，但遗憾的是未能入选。在这件事情中，我的做法确实有些不妥，在此我郑重地向你道歉。不过我认为我的出发点是好的，因此希望你能理解我这次的行为。在我看来，如果你能够成功入围这次画展，那么在以后的学习生涯中，你肯定会得到很多人的帮助。尽管我并没有你能入围的把握，但是当时我认为这对你来说是个绝佳的机会。因此，还希望你能够原谅我。

信中，有岛武郎表示之所以擅自为木田报名画展，是因为"在我看来，如果你能够成功入围这次画展，那么在以后的学习生涯中，你肯定会得到很多人的帮助"。不过，有岛的做法究竟有没有为木田带来帮助就不得而知了。或许木田并不认为这是报名参展的好时机，又或许木田希望以其他作品报名参展。

因此，这封信的效果先按下不表，单独从这封信的结构来看，它包含了歉意以及解释，特别是"不过我认为我的出发点是好的，因此希望你能理解我这次的行为"这句话中蕴藏的含义不可谓不精妙。

这句话的意思极为简单，有岛通过这句话说明"自己是好心办坏事，因此希望对方原谅自己"。其实这句话如果运用不好，不仅会有为自己开脱的嫌疑，并且还会让对方欠下莫名的"人情债"。

然而，有岛武郎极为巧妙。他在这句话中并没有用肯定的语气表明"自己的出发点是好的"，而是用主观的语气来表示"我认为我的出发点是好的"。从而给了对方更多的选择空间，表示"或许你并不认为我的出发点是好的，但还是希望你能够理解我"，避免有将自己的想法强加给他人的嫌疑。

此外，"希望你能忍受我这次的行为"也起到了不错的叠加作用。这句话蕴藏的含义是"我擅自为你报名画展实在是有些失礼，是无法原谅的行为。因此我不奢求你的原谅，只希望你能够忍耐一下，不要破坏我们之间的关系"。

有岛武郎的道歉信告诉我们：有时，只要略微改变一下表达方式，就会给人以截然不同的印象。

不过这封信的效果如何呢？木田究竟是接受了有岛武郎的好意还是并没有领情呢？我们虽然无文字记录可考证，但是唯一可确定的是：木田在有岛武郎的激励下，成了北海道代表画家之一。

若山牧水

未能及时回信,
理由别出心裁令人啼笑皆非

> 若毫无想法可写……也要及时回信,那么那封信也难以称得上一封正儿八经的书信。

诗人到底是什么?语言的魔术师?不,诗人只是懒汉而已。有一位诗人曾说:"写诗为我今天不想工作提供了退路。"这句话极为精妙,隐藏了一种诗人的谦虚:诗人即使创造出了美丽的语言,也很难为人们做出贡献。

从这个角度来说,诗人若山牧水也是一个懒汉。散文《懒汉与雨》(它是若山牧水散文集《树木与树叶》当中的一个篇目)充分表达了他对无为而治、游手好闲的向往。"对雨的喜爱便是对无为而治的喜爱。对事业有所追求、心怀理想的人大多是喜欢晴天厌恶雨天的。恰恰是毫无所求的人才会热爱雨天。望着雨滴一滴一滴落下,自己的心灵也能回归平静。然后便可以心安理得地做一名懒汉……"

"窗外阴暗,阴历二月雨水连绵,懒汉心安理得"。若山牧水在给朋友写信时也践行了懒汉的特质❶。收到朋友的来信后,他时隔许久才回复,并且在信中巧妙地运用借口为自己开脱。

抱歉,这封信回复晚了。这封信的确是时隔许久,久到恐怕

---

❶ 若山牧水回信不及时的借口:明治三十九年(1906年)末,若山牧水未能及时回复姐夫的书信,因此写信道歉。"……虽然有些难为情,但是我没能及时回复是因为我不小心忘记了。等我回过神来就更不好意思回信了。"这个借口的含义是"我没能及时回信不能怪我,我也不是故意不回复的。而是不知不觉中忘记了,又觉得不好意思,所以没有及时回信"。

第五章 ◆ 当行为举止失礼时：你我皆凡人

你以为我已经不在人世了。

　　说到底，我们之间的书信往来不似商人之间一般，并没有什么太过要紧的事情，因此容易在不知不觉中拖延回信。特别是对于我这个懒汉来说，即使回信十分简单，如果时机不对我也不会轻易写信，因此给你的回复自然而然便拖了很久。不过在我看来，我们之间的书信往来这样就已经足够了，若毫无想法可写，便不用勉强非得立马回信。若毫无想法也要及时回信，那么那封信也难以称得上是一封正儿八经的书信。请千万不要忘记若山牧水是一个懒汉，因此还请你不要过分责怪我回信太慢。承蒙牵挂，来信已收悉。

　　这封信中，若山牧水的借口如下：

　　"懒惰不是我自己的原因，而是由于我生来懒惰。若感觉不对，懒惰的人连一封明信片都不会写，更别提我这个彻头彻尾的懒汉了，因此回信拖延也是没办法的事情。此外，若是勉强自己回信，那么那封信也不能称得上一封正儿八经的书信。因此，希望你能理解我这种想法，并且原谅我拖延回信的行为。"

　　其实一般情况下，我们只需说一句"对不起"便可传达自己的歉意。但是若山牧水却以半开玩笑的形式具体地解释了自己为何没能及时回复，不得不让人折服于若山谦逊的态度。

　　此外，在若山看来，"若毫无想法也要及时回信，那么那封信也难以称得上一封正儿八经的书信"。若山若无其事地将一封好书信的必备条件作为自己的借口，不可谓不精妙。

说到底，这封信中的话只不过是若山为自己的懒惰而找的借口，但是却诙谐幽默、发人深思，值得我们参考学习。

尤其是"若毫无想法也要及时回信，那么那封信也难以称得上一封正儿八经的书信"，一句话让偷懒变得堂堂正正且极具说服力。

石川啄木

疏于问候恩人,
写信道歉理由清奇

> 既然我的创作为零,那么再给你写信就让我感到十分痛苦。

我们应该与帮助过我们的人时常联系。若一位亲戚在物质上和精神上给予过自己莫大的帮助,于情于理我们都应该保持问候,不闻不问则会使我们良心难安。

但是石川啄木从来不考虑这些。他对待自己的妹夫——和歌作家宫崎郁雨便采取不联系、不问候的态度,即使宫崎对自己有恩,石川也毫无愧疚,十分理直气壮。实际上,宫崎一直在精神上支持、鼓励着石川进行创作,还提供了物质帮助。然而,石川在给宫崎写信时,不仅对自己疏于问候这件事毫无歉意,还理直气壮地为自己找借口开脱。

话不多说,让我们一起来看一下石川啄木的道歉信。

音问久疏,实深歉疚。说实话,在这一个月的时间里,每每想到与你写信,我都感觉无比痛苦。不仅你听到这句话内心会有点儿不舒服,我也实为难受。因为我这一段时间的创作基本为零,我的艺术细胞似乎全都麻痹了。虽然不是因为懒惰,但是从结果来看与懒惰毫无两样。既然我的创作为零,那么再给你写信就让我感到十分痛苦。不仅是给你写信,写家书对我来说也十分痛苦。最近的十天里,我都是如此煎熬,如此痛苦。可以说这是我目前人生中最为痛苦的一件事了……认真——没有比认真创作但毫无成果更痛苦的事情了。现在写信的我并非不认真，而是没有那么痛苦了……昨天傍晚开始，我的心情开始逐渐轻松愉悦起来……虽然创作上没有太大的变化，但是给你写信时我的内心是轻松的，请你放心。

信中，石川啄木将疏于问候的原因归结于创作灵感枯竭，甚至称自己如果无法创作就更没有心思写信了。一般来说，这样的借口是很难被认可的，更别提石川的结尾还加上了"此前对我来说写信十分痛苦，现在心情稍微好转之后才提笔写信，所以不用担心"。

一般来说，我们读到这封信之后会经历这样的心路历程：

"可笑，我并没有关心你给我写信是否感到痛苦。再者说，看到你这样的信该生气的是我，你的说法也太自以为是了。"

然而，不论石川啄木的借口是否逻辑不通、是否自以为是，这封信都有一股神奇的力量，能够让人设身处地地为石川着想。当我们收到这封信后，会想"不管如何，石川重获创作灵感，能够愉悦地写信真是再好不过"，会不知不觉地替石川感到高兴。

而宫崎郁雨一直在石川身边，一直折服于石川过人的才能，想必更能对石川创作灵感枯竭、陷入痛苦无法自拔的心情感同身受。

其实宫崎对石川的借口心知肚明。石川啄木词汇量惊人、才华横溢，对于他来说只有想不想写信，从不存在会不会写信的情况。

虽然现在保留下来的书信只有石川10岁以后的信件，但是从书信内容来看，不管是用词还是表达方式，都堪称一绝。

因此,对于石川来说,最大的问题便是写信的时机。对此有诗为证:

若说,创作,何时想创作
何时想提笔
只有瓶中花焕新的清晨

对石川来说,只有花瓶中的鲜花焕新之时,才是提笔创作之日。

所有的人
都想我的时候
我就写长信给他们

于是,石川写信的那个时候,想必就是最好的时机。

石川啄木的借口如此之清奇,以至于按常理来说绝对不会被人认可,但是这样的借口却在宫崎郁雨的心里留下了深深的印记。

若非如此,想必宫崎在看到这封信的第一时间一定会大为光火,将这封信撕成碎片吧。

尾崎红叶

写感谢信顾虑重重,
生怕对方误解为变相索要

尾崎红叶(1868—1903),35岁去世。小说家。代表作有《金色夜叉》《多情多恨》等。17岁时与志同道合的作家一起成立"砚友社",推出机关刊物《我乐多文库》。尾崎红叶便是在这本杂志上发表了第一篇文章,从而开始了文学创作。而后他在报纸上连载传世佳作《金色夜叉》,未完成便离开人世。

> 绝无恬不知耻再次索要之意。

濑户内的亲戚曾给我寄来一份烤海苔，烤海苔风味极佳，我从未吃过如此好吃的烤海苔，便写信表示感谢。不承想，之后我总会隔三岔五地收到亲戚寄过来的烤海苔。这样看来，原本只是单纯表达感谢的书信，在对方看来却成了继续索要的催促信，实在是让人始料未及。

凭借《金色夜叉》声名远扬的尾崎红叶在回信时就不停解释，极力避免此类情况出现。

如今，热海市阳光海滩上，矗立着《金色夜叉》男女主人公的铜像。间贯一和阿宫一生纠缠不清，成就了一段令人唏嘘的孽缘。阿宫因抵抗不住金钱的诱惑，抛弃贯一嫁给了大财主，贯一因此火冒三丈，在月明之夜赶到热海海岸苦苦劝阿宫回心转意。

"天啊，今夜之后你我二人再无机会如此独处……我想我绝不会忘记这个月明之夜的。难以忘记，至死难忘！阿宫，你也记住，今天是1月17日。明年今日，我一定会痛哭流涕，那时月亮也会因我黯然失色，月亮……月亮……月亮……黯然失色的话，一定是我在诉说对你的恨意，一定是我在像今晚一样哭泣……看样子你是下定决心要嫁给有钱人了！你根本不把我的苦苦挽留放在心上。啊，坏女人！"

贯一挽留未果后，不停咒骂阿宫，一怒之下踢倒阿宫离去。热海

第五章 ◆ 当行为举止失礼时：你我皆凡人

市阳光海滩上的铜像便保留了贯一踢倒阿宫的姿势。

创作出如此优秀作品的作家便是尾崎红叶。红叶曾收到朋友寄来的一盒年糕❶，于是红叶回信感谢，同时明确表明自己绝非再次写信索要。

> 承蒙挂念，不胜感激。今日一品年糕，实为别具一格，令人回味无穷。鄙人初尝此物，将其分于亲朋，连获称赞。此物美味超出预期，堪称珍馐美味。故特此写信致谢，以表谢意。此信只为致谢，绝无恬不知耻再次索要之意。再次致谢。

大意如下："我从未品尝过如此美味的年糕，分给亲戚品尝之后也获得一致好评，特地写信表示感谢。这封信只是单纯的感谢信，绝不是再次索要如此美味之物，还请不要误解。承蒙厚爱，鄙人得此口福。"

尾崎红叶在写信致谢时担心自己的感谢信会被误解为索要之意，因此特地解释，可谓心思周到。

但是尾崎红叶风趣幽默、爱开玩笑。因此对方收到信之后会猜测

---

❶ 年糕的寄件人：给红叶寄年糕的朋友是安田财团的创始人安田善次郎的长子——安田善之助。大正十年（1921），安田善之助继承家业，成为第二代善次郎。安田财阀与三菱、三井、住友，是日本的四大垄断财阀。因此，即便红叶再次索要美食，对方也不会因此产生不满。

尾崎所说"绝非恬不知耻再次索要之意"恰恰正是再次索要之意,而这句解释也可能被理解为尾崎掩盖自己真实意图的借口。

其实,回信时只需表达自己的感谢即可,多次强调自己目的的单纯性反而会招致误解。

太宰治

惹怒好友写信认错,态度诚恳令人佩服

> 确实是我的错觉。

有一个词单独使用，无须添加其他的理由便具有一定的说服力，那便是"误会"。其原因在于这个词的背后隐藏着特殊的含义。

例如，当我们说"是我误会了，请原谅我"，其实暗含的意思是"任何人都有误会的时候。虽然我有错，但是难以避免，希望你能够原谅"。误会是难免的，任何人都多多少少经历过这种情境。

此外，这类借口中还含有一个增强说服力的要素，那便是"收回自己的话"。通过收回自己的想法，收回自己的失态，让一切都恢复原状，来抹掉自己的错误。一般情况下，人们会为自己的错误辩解，但是使用"误会"就表明自己已经承认错误。承认自己的错误已经实属不易，而感到后悔，希望能够"收回"自己的所作所为则更是难得，因此这个词具有一定的说服力。

从这个角度来看，太宰治的道歉信中也使用了类似的词语，使得他的道歉极具说服力。

25岁时，太宰治通过文学同人杂志结交山岸外史，两人虽为好友❶，却经常争吵。因此，二人之间经常写信道歉。

---

❶ 太宰治与山岸的友情：二人的友情略微复杂。山岸曾经这样叙述二人的友情："细想一下，我们二人的关系十分炽热又十分激烈。一般来说这多出现于青春期或是年少轻狂的时候。在那个'充满信仰''充满狂热'的年代里，我们二人都非常离经叛道。"其实二人之间的相处模式可与恋人媲美。太宰治给山岸的信中写道："你为什么不来见我？路费也就三十四五钱而已。你来见我之后，我给你回程的路费……"

第五章 ◆ 当行为举止失礼时：你我皆凡人

你的书信已收悉。读了你的信后，我知道了你的难处，这件事是我不对。当时我虽然没有开玩笑，但是那确实是我的错觉……为此我要负起责任，很遗憾我们又一次大吵一架。我希望我们二人的友情长长久久，这是我之前的愿望，也是我现在及以后的愿望。明年春天，我会找一个舒适、惬意的角落再次写信给你。届时希望你能不吝赐教。再次致以诚挚的歉意。

虽然信中没有明确指出山岸的"难处"，但似乎是因为太宰治拒绝了山岸的请求，由此激怒了山岸，才导致二人吵架。信中，太宰治先是道歉表示"是我不对"，而后辩解"没有开玩笑"，之后接着说明"是我的错觉"。

信中的"错觉"和"误会"异曲同工，都具有一定的说服力。

"错觉"暗含"解释和理解之后，不小心出现的一种错误"之意。对其进行补充，暗含着"解释和理解之后，任何人都有可能犯的一种错误"之意。

也就是说，通过"错觉"一词向对方传达自己并非有意，而是因为不可抗力造成了偶然错误。

太宰治的这封道歉信想必成功奏效，太宰治与山岸的友情也贯穿了太宰治短暂的一生。

寺田寅彦

惧怕"飞镖效应",
提前为自己准备后路

寺田寅彦（1878—1935），57岁去世。地球物理学家，师从夏目漱石。笔名为吉村冬彦。寺田寅彦好奇心旺盛，对科学和社会问题均抱有强烈的好奇心，写下多篇随笔作品。他根据身边的物理现象进行的研究也十分出名，代表性研究为《关于金平糖的角度》《关于裂开》等。

> 啰唆抱怨多有叨扰。这封信显然也在自说自话、不停抱怨，但是还好没有要求你回复是否出席会议。多有得罪还请原谅。

日本著名物理学家、随笔作家寺田寅彦提出"天灾总是在被遗忘的时候到来"这句名言，以告诫人们要居安思危、未雨绸缪；同时，寺田寅彦还从自己的恩师夏目漱石身上继承了悠然自得、活在当下的生活态度。

不过，昭和九年（1934年），寺田寅彦55岁时同时兼任东京帝国大学理科大学教授、理化学研究所研究员、东京帝国大学地震研究所研究员等职位，每天公务繁忙、日理万机，很少有时间能够安静地享受生活。

于是同年一月，他写信向朋友抱怨被工作填满的生活。

> 虽是新年，但小生仍旧奔波忙碌、焦头烂额。我的客人很多，但他们大多是因为私事拜访我，导致我的行程丝毫不能向前推进。不仅如此，我还要一直在明信片上打钩来表示出席各种会议。全世界的人类大概只是为会议而生存，希望他们能够稍微心平气和之后再来处理工作。

诚然，世界上有许多会议的意义不在于你能获得什么，而在于你是否能够出席。甚至有一些会议更为离谱，发言人在台上做演讲，场

第五章 ◆ 当行为举止失礼时:你我皆凡人

内角落里的听众在批评讨伐发言人。在寺田寅彦看来,与其将时间浪费在这种无意义的会议上面,不如静下心来认真工作,这样才能推动人类社会向前发展。

寺田寅彦身兼数职,他需要出席的会议肯定多如牛毛。我的一位朋友是某国立大学的校长,仅仅担任一个职务,他的日程就已经被各种会议、谈话所填满,而寺田寅彦同时任职多家机构,因此他的工作量之多不难想象。

信中,寺田寅彦向朋友抱怨人类自私成性。然而,他又凭借科学家的严谨意识到自己的抱怨似乎也是一种自私,因此在信中特地为自己开脱。

> 啰唆抱怨多有叨扰。这封信显然也在自说自话、不停抱怨,但是还好没有要求你回复是否出席会议。多有得罪还请原谅。

寺田寅彦表示"我的这封书信正是我所抱怨的自说自话。虽然我与大多数人无异,但是并没有强迫你出席会议,因此虽多有得罪,但是还请原谅"。

看来,寺田寅彦为我们留下的不仅是关于天灾的名言,还通过这封信告诫我们:

"愤懑、抱怨皆有飞镖效应。提前准备借口有益无害。"

此外,寺田寅彦通过专栏"别人的语言——自己的语言"详尽阐述了自己那"令人不快的会议观",在此略做介绍。

当今，日本流行创建各种各样毫无用处的团体……文学研究并不一定要通过某一团体进行。文学研究只关乎个人努力以及独特的思考。创作伟大作品的作家以及著名画作的画家都不需要某一特定协会的帮助。他们都是独自一人辛苦创作方可成功。在我看来，日本的会议都是在浪费时间。看看我们那些热心研究留洋归来的年轻人。他们苦读多年学成归来后，不能专心工作，需要出席各种会议、宴会，发表各类文章、进行各种演讲、义务讲课、修改论文，他们把时间都浪费在阻碍自己工作的事情上，他们的时间就在这类无意义的事物中白白浪费了。最终他们疲惫不堪、过早凋零。

与文学研究不同，科学研究离不开设备以及资金的支持，因此绝不可能独自完成。从这点来看，他的观点或许有些片面，但我们可以学到的是，若日本科学界能够认同这一观点，那么他们将取得更大的进步。

时至今日，仍有很多科学家和寺田寅彦持有相同的看法。

第六章 当各路文豪拖稿时

以欢喜之心慢度日常

川端康成

未能按时交稿，
道歉理由也充满诗意

川端康成（1899—1972），73岁去世。小说家、文艺评论家。大正年代至昭和年代日本文学史上的泰斗级作家。昭和四十三年（1968年）以《雪国》《古都》《千只鹤》三部代表作，获得诺贝尔文学奖，川端康成也因此成为首位获得诺贝尔文学奖的日本人。当时的颁奖词为「川端康成先生的获奖，有两点重要意义。其一，川端先生以卓越的艺术手法，表现了道德性与伦理性的文化意识；其二，在架设东方与西方的精神桥梁上做出了贡献。」

> 我始终没有忘记自己的写作任务。因为我实在是又穷又懒。

中央公论社的编辑是川端康成的好友，也是他的责任编辑。一次，川端收到他的催稿信后做出了如下回复：

收到您的来信后，仿佛寒风掠过我的脸颊，令我万分惭愧。我未能按时交稿，辜负了您的好意，实在羞愧难当。

"寒风掠过我的脸颊"意为催稿信函如同出其不意的寒风，让川端康成脊背发凉。同"诚惶诚恐"之意，川端康成用细腻的表现手法展现了不一样的感觉。

川端康成的作品语言风格清新秀丽、充满诗意、饱含情感。从《雪国》"穿过县界长长的隧道，便是雪国。夜空下一片白茫茫"，到《伊豆的舞女》"舞女今夜不再纯洁"，再到《父母》"虽然我会遗忘，但请你一定要牢记"，每一篇作品都抒发了人物内心深处纤柔的感情。

因此，川端康成在表达"诚惶诚恐"之时，拒绝了寻常的套路，而是运用了充满情趣的表达方式，成功平息了对方的怒火。不仅如此，因为提到"辜负了您的好意"，因此他还在信中就这点进行了解释。

第六章 ◆ 当各路文豪拖稿时：以欢喜之心慢度日常

我始终没有忘记自己的写作任务。因为我实在是又穷又懒，才选择这份工作来养家糊口。

这封信的真实含义如下：

"我绝没有将自己的写作任务抛诸脑后，相反我充满诚意并将其牢记心中，因此希望得到您的原谅。我深知只停留在心里远远不够，但是我天生懒惰，难以克服这一缺点，因此才选择用写作来养家糊口。我的报应便是终生碌碌无为、劳而不获、忍受耻辱。希望您能看在这个的份上，原谅我未能按时交稿一事。"

实际上，对于川端康成来说，写作是一件勤奋、纯洁又有收获的工作，写作也是川端康成的骄傲。川端只是试图在信中通过自嘲来平息对方的怒火，尽可能地弱化自己的错误。

简单来说，川端康成的道歉信传达的便是"未能按时交稿的确是我的错，但是我也有我的难处，因此希望得到您的原谅"。

不管怎样，川端康成的道歉信不仅过于卑微，甚至略显夸张。不过，当对方怒火难消时，确实需要我们进行自我剖析，通过自嘲的方法来为自己开脱。

古语有云："万死难辞其咎。"意思是"自己即便死一万次也难以洗刷罪名"。川端康成在信中的自嘲与这句古语确有异曲同工之妙。

反过来说，这类借口从侧面传达的意思便是："我能够如此深刻地认识到自己的错误实属难得，一般情况下很少有人会这样批评自己。如此坦诚地自我剖析足以成为获得原谅的理由。"

泉镜花

拖稿道歉信非同一般,
美如散文成功奏效

泉镜花（1873—1939）,66岁去世。小说家。代表作有《高野圣僧》《外科室》《妇系图》等,作品描述了光怪陆离的奇幻世界,被称为日本幻想文学的先驱,后世评价极高。

> 若有凉风起，十四五回有何难，已知君所求，吾亦想早日与君交差之，然尝试数次未果。

电波与光同属电磁波，秒速可达30万千米，一秒可绕地球七圈半。因此，当我们使用电子邮件或各种网络通信工具进行交流时，在某种意义上可以说是以光速在沟通。

沟通速度的提高让我们认识到了节省时间的重要性，因此我们进一步要求通信内容更加简洁、去繁就简。虽然人们沟通的效率大大提升了，但是也因此丧失了很多敬意和情趣，由此产生的乌龙事件在世界各地时有发生，作家和编辑之间也时常因此产生矛盾。

因此，当我们回看一百年前泉镜花写给编辑的道歉信时，我们能从这封信深刻体会到从中透露出来的情调美。

泉镜花在收到编辑的催稿信后，写下了一封富有情调的道歉信，这封信的内容如下：

前日所提连载事犹未完，实为诚惶诚恐也。若有凉风起，十四五回有何难，已知君所求，吾亦想早日与君交差之，然尝试数次未果，每日一回已实属不易。君之所求亦吾之大事，绝非轻蔑之意。数次拖延实感羞愧，故信亦晚矣。前事有逆尊意，还望海涵。次月中旬，定与君交稿。

大意为："前几日您写信提到的连载一事仍未完成，深感抱歉。

第六章 ◆ 当各路文豪拖稿时：以欢喜之心慢度日常

若天气转凉工作推进定会顺利，每天写十四五回也绝非难事，我也想以这个速度写稿，好让自己能早日提交书稿，因此做了许多努力。但遗憾的是，现在天气依旧炎热，每日写一回已实属不易，我现在也毫无心情继续创作。虽然我的内心极为重视这个任务，但是多次拖延万分抱歉、羞愧难当，导致信函回复稍晚，希望你能原谅，预计下个月中旬我可以完成书稿。"

通篇来看，泉镜花将自己拖稿的原因归结为天气炎热，为此专门以"若有凉风起，十四五回有何难"来为自己做进一步的解释。这句话充满了古典气息，似乎将人们一下子拉回了平安时代。想必编辑读到这句话后也会对泉镜花的表达能力心生敬佩，甚至自愿为这句话买单。

只有一个人的表达能力稍显不足时，才会煞费苦心为自己找寻各种借口。优美的表达会衬托出借口的高级，从而增添说服力。

由此看来，泉镜花的借口上乘，堪称顶级❶"诈骗"❷。

---

❶ 夏目漱石评泉镜花：夏目漱石读泉镜花作品后，曾进行尖锐的批评，同时又奉上顶级的赞美。"拜读《银短册》后，我感受到了作品极度脱节，感受到了泉镜花的极度执拗，似乎将全部的执拗都融入了这部作品中。然而，日本文坛中若泉镜花称第二，孰人敢称雄？"

❷ 泉镜花的美文：泉镜花才华横溢，堪称日本文坛泰斗级人物。在此仅以《幼时的记忆》为例供读者参考。"提到对他人的印象，我脑海中首先会浮现起童年时期遇到的形形色色的人。随着年龄的增长，给我留下深刻印象的人越来越少。即使遇到之后，他们也大多与童年记忆中的形象重合。这些永远留在记忆中的身影之所以魅力如此之大，绝非偶然、绝非单纯，而是有着复杂的动机和原因。"

志贺直哉

无心创作,
理由完美难以反驳

志贺直哉(1883—1971),88岁去世。小说家。代表作有《在城崎》《暗夜行路》等。志贺直哉的作品多为短篇,大多直接取材于自己的生活,带有强烈的个人情感色彩。他通过作品反抗不公与虚伪,作品中充满深厚的道德观念、深刻的伦理自觉、敏锐的观察能力以及强大的自我意识,他的作品一直被大正、昭和时期的作家封为「文学风向标」。

> 身心俱疲，虽已尽力，但难以动笔。

　　小时候，我曾邀请朋友一同玩耍但遭到拒绝，当我问"为什么"时，对方的回答却是"不论怎样都不想玩"，于是我只好一个人孤零零又落寞地走回家中。"不论怎样"就代表着"我已经尽力了，实在是做不到"。因此，当我们听到"我已经尽力了"这句话时，我们无法责备对方，只能接受这个结果。

　　志贺直哉也曾写信告诉出版社"我已经尽力了"来请求推迟交稿日期。

　　　　敬启　我答应《朝日新闻》的斋藤先生写一篇关于冈仓天心的文章，然而身心俱疲，虽已尽力，但难以动笔。对此深感惭愧，敬请原谅。

　　这封信写于昭和三十九年（1964年），志贺直哉时年81岁。因此，"身心俱疲，虽已尽力，但难以动笔"这句话对志贺来说比普通人具有更大的说服力。

　　无独有偶，大正三年（1914年），在夏目漱石47岁，志贺直哉31岁时，两位文豪的往来书信中也出现了类似的借口。当时，夏目漱石一边在《朝日新闻》上连载小说，一边作为编辑邀请其他作家进行连载。他曾经请志贺直哉在该报连载小说，志贺当场答应后不久便又反悔，拒绝了漱石。

第六章 ◆ 当各路文豪拖稿时：以欢喜之心慢度日常

虽然很遗憾志贺直哉写给夏目漱石的拒绝信未能保存下来，但是我们可以根据漱石的回信窥知一二。

来信已收悉。很遗憾您无论如何也不能参与连载。

在志贺直哉拒绝夏目漱石时，他也使用了"尽力"之类的词作为自己的借口。

漱石收到志贺直哉临时反悔的书信后有些措手不及，当日立马写信跟同事说明这一情况。

志贺直哉写信联系我称他改变主意了。他后悔当时答应我在报上连载小说，并说即使现在他硬着头皮做下去，之后也会因为态度问题无法完成，他表示自己的行为自私自利，但希望我方能够原谅他。我问清楚状况后，确认志贺老师的想法和对连载的态度都发生了变化，无论如何都不能进行连载。

漱石在向同事转达时，原封不动地运用了志贺直哉"无论如何"这一借口。在这封信后，夏目漱石再次给同一位同事写信评价此事。

志贺言而无信，他的做法有些不道德，令我十分被动，但他的借口和理由确实极具艺术之美。如果我们强迫志贺直哉进行连载，就好比自己已经对爱人没有感情，但又要强迫自己装作深情一样残酷。

看来，志贺直哉的"尽力"一说完美地说服了夏目漱石。
"尽力"作为借口来讲比想象中用途更广，含义更丰富。

三岛由纪夫

托川端康成作序,
致谢信用词失礼不失温度

三岛由纪夫(1925—1970),45岁去世。小说家。代表作有《假面自白》《潮骚》《金阁寺》等。他的作品《三岛由纪夫的书信教室》中叙述了写信时的要点:"人类都是自私自利的利己主义者,我们关心他人是极为罕见的行为。只有我们意识到这点,我们的书信才会充满生命力,我们的书信才有打动人心的力量。"

> 您在序文中对我大肆褒奖，当面致谢总有些难为情。

这篇文章介绍了诺贝尔文学奖提名作家与诺贝尔文学奖得主之间的书信往来。三岛由纪夫写信向川端康成表达真诚的谢意。

事情是这样的：

昭和二十三年（1948年），23岁的三岛由纪夫告别刚刚入职不久的大藏省，完成了《盗贼》这部作品。这部作品讲述了两位情场失意的年轻男女决心为爱赴死时偶然相遇，于是二人谋划假结婚……这部作品凝结了三岛由纪夫高超的表现能力，为激烈的爱情披上了颓废的嫁衣。三岛由纪夫在完成这部作品之后，请恩师川端康成为自己作序。

川端康成作序如下：

> 我被三岛纯熟的天赋所震惊，竟感到目眩神迷。与此同时又被他的文字扰乱了心神……我对这位年轻的作家提出了充满矛盾的希望。我希望他珍惜人生，我希望他游走于古典和现代之间，我希望他内心的烦恼和空虚的花朵都能结出果实……❶

---

❶《盗贼》序文后续：除文中引用的部分外，序文结尾也值得一读。"……三岛由纪夫尝试在《盗贼》一书中剔除心中青春的神秘以及美好，这种做法恰好说明三岛本人的过往人生也是令人唏嘘的。"

川端康成的序文充满了温度。不仅肯定了三岛由纪夫的才能,还希望他能够通过作品打消内心危险的念头,过好每一天。

收到序文后,三岛由纪夫写信表示感谢。

> 百忙之中,为我作序,实为感激。……收到序文后我已拜读数十遍,万分感动且不胜感激。……我理应亲自去您家登门致谢,但是您在序文中对我大肆褒奖,当面致谢总有些难为情,因此我半夜梦醒时分,写信向您表示感谢。

实际上,三岛由纪夫的确亲自拜访过川端康成,但不巧没能见到他。于是,三岛由纪夫在信中以"当面致谢总有些难为情"来说明自己为什么没有等到川端康成就放弃了。

"难为情"代表有些害羞、抹不开面子。三岛由纪夫为何不在此使用"诚惶诚恐"来表达谦虚之意呢?

"诚惶诚恐"一词含有极强的尊卑之分,往往代表着年龄、经验、地位有较大差异,两人往往在客观层面上有天壤之别,从而给人敬畏之感;而"难为情"的感性色彩更强,掩盖了年龄、经验与地位的差距。

因此,三岛由纪夫在这里使用"难为情",表示他发自内心地认可川端康成对自己的夸奖与喜爱。当他收到序文时,三岛由纪夫由衷地高兴、感动,对此感到难为情是他最幼稚也最纯粹的反应。

三岛由纪夫为了准确地传达内心的感受,特地将未能与川端康成

人间清醒：淡看人间三千事

见面的理由写为"难为情"。这个词更能准确描绘出三岛由纪夫感性的一面，比"诚惶诚恐"更能凸显自己的纯粹，更能反映出二人的关系之亲密，也更能彰显自己的风格，更能准确地传达出自己的谢意。

三岛由纪夫的书信告诉我们，我们必须仔细推敲每一个字，绝不放过任何一种能最准确传达出自己心意的可能性。

正冈子规

另类卖惨，
成功收获同情

正冈子规（1867—1902），35岁去世。日本俳句、和歌作家。其得意门生河东碧梧桐与高滨虚子等人打破了传统套路，开创了俳句、和歌的新境界，极大地拓宽了俳句、和歌的受众群体。遗憾的是，正冈子规无缘亲眼看到自己门生的伟大成就，只留下书信便长辞于人世。

> 小生心头一团乱麻，小生笔头毫无章法，盼兄静心阅读。

　　明治二十二年（1889年），正冈常规因肺病突然咳血，后取杜鹃啼血之意，改号为子规，以此表示自己与病魔做斗争的决心。然而正冈子规的病情恶化得极为迅速，并引发了骨髓炎等多种并发症。受病情折磨，渐渐地，正冈子规连过正常生活都成了一种奢侈。

　　正冈子规笔下的俳句短歌自成一派，还推动了文章革新运动的发展。28岁时，他深感自己将不久于人世，故马上着手，欲在河东碧梧桐和高滨虚子中挑选一人为自己的接班人。

　　正冈子规深知河东碧梧桐能力不足，他在给其他学生的书信中写道："这是我第一次看到碧梧桐的才华，实话说我很早以前就放弃他了。"

　　但是，正冈子规似乎也不打算将自己的衣钵传给高滨虚子。他在给其他学生的书信中同样提到了虚子。

> 　　我曾明确表示要将衣钵传于虚子，虚子也表示愿意接过这份重任，我自然无比喜悦。然而此后虚子无半点儿进步。我已经数百次告诫他要精进学问，甚至前几天也不停地问他"有无做学问的心"，以敦促他自省。但是虚子回答："我有心向学，但是无论您如何督促，我都不想努力。"虚子神情坚定，难道我的学派仅仅是昙花一现，像露水般短暂？

　　书信当中饱含子规对得意门生的期望与失望，饱含子规的茫然与悲伤，以至于书信格外潦草。子规当时似乎已经预料到这封信不会过于工整，因此在开头便做出了解释。

  小生心头一团乱麻，小生笔头毫无章法，盼兄静心阅读。

  此时，正冈子规担心自己的衣钵无人继承，想必一定万分沮丧。但是这封信的开头却让人体会到了一丝妙不可言的感觉。

  "心头"与"笔头"相互押韵，语感轻快；而"一团乱麻"与"毫无章法"遥相呼应，韵律感极强。因此正冈子规在书信中虽然是抱怨的语气，但是却没有传递半点儿负能量，反而像是散步聊天一样让人轻松愉悦。

  这也是为对方着想的一种证明。虽然选择接班人对正冈子规来说是头等大事，但他并不想朋友为此担忧。

  不仅如此，读完书信后，人们反而会对开头产生怀疑。因为很明显的是，最需要冷静的并不是别人，而是正冈子规。

  因此，书信开头是正冈子规埋好的解释，避免对方会因自己的通篇抱怨而产生负面情绪。正冈子规选择在一开始就亮出底牌，从而唤起对方的同情心。

  另外，这篇书信本身语言精巧、凝练，毫无半点儿卖弄心机之意，让人深刻感受到了正冈子规的诚意。

  在我的认知范围内，正冈子规的书信开头精彩绝伦、无懈可击，没有任何一个解释可与此比肩。

太宰治

看重信任陷入困境，
是否交稿犹豫不决

> 只需将此看作你我二人过于为对方着想、交流过于感性即可。

太宰治的作品《奔跑吧，梅勒斯》着重刻画了信任与友情的美好，反过来说，这本书也引发了人们对猜疑与友情的深思。太宰治是个矛盾体，既可以无条件地相信别人，也可以毫无来由地猜忌他人。这样的性格给太宰治带来了莫大的痛苦，《奔跑吧，梅勒斯》一书可以说完美复刻了太宰治的内心活动。

因此，当太宰治一直以来信任的编辑住院后，他自然会陷入信任与猜疑的泥潭。

昭和二十年（1945年），第二次世界大战结束。次年，太宰治拾笔继续创作。应出版社之邀，《冬日烟火》[1]完成后理应寄送给中央公论社的主编梅田晴夫。然而梅田不幸生病住院。得知此事后，太宰治写信慰问，并透露正在犹豫交稿的问题。

> 我衷心期盼您能早日康复。我的书稿已经完成，随时可以给您寄送。但若现在寄送，势必会打扰您的休息，让您内心难安。这让我感到十分为难，我实在是不知道该如何处理书稿。

---

[1]《冬日烟火》：此书最终于昭和二十二年（1947年）由中央公论出版社出版。遗憾的是，最终编辑是否为梅田晴夫则不得而知。这部作品除了收录戏剧《冬日烟火》外，还有《春日枯叶》《苦恼的年鉴》《致远去未归的朋友》《机遇》《津轻通信》《庭院》《已矣哉》《父母二字》《谎言》《雀》等。

第六章 ◆ 当各路文豪拖稿时：以欢喜之心慢度日常

太宰治表明自己还未寄送书稿是因为怕打扰编辑休息。但是太宰治又希望能将自己的稿件寄给梅田，他在后文中对此做了详细的解释。

> 若不打扰您休息，出版工作可以托付给下一位编辑来做。但是下任编辑对我可能未必有您负责，我的作品甚至会被当成"养子"，被人不理不睬。我之前的确经历过这样的事情，我实在是不想经历第二次。

太宰治表现出对代理编辑的猜疑。

其实，太宰治完全可以拒绝在中央公论社出版，然后去其他出版社将书稿交给自己信任的编辑。对此，太宰治也表示不可取，并在信中进行了说明。

> 我不想您刚一生病，我就弃您而去，让自己给别人留下冷血动物的形象，这对您来说极为残忍，我也断然不会这样去做。其实，我考虑其他报社的编辑也仅仅是为了不给您增添负担而已。您也无须自责，只需将此看作你我二人过于为对方着想、交流过于感性即可，因此还望您多多理解。

太宰治一边表示"自己并非'冷血动物'，不会去寻找新的报社"，一边又表示"所以当下不能把书稿寄给你。既不想给你造成负担,也无法信任新编辑",在信中将自己拖入了死循环之中。太宰治表明了自己的矛盾心理,又不希望梅田为自己担忧,因此用"只需将此看作你我二人过于为对方着想、交流过于感性即可"进行道歉。

太宰治意图用这句话表达自己对梅田充满了信任与友情,并且通过对梅田的感谢,将自己内心的纠结解释为正常的想法。

太宰治通过强调二人在过去、现在和将来的友情之深厚,增强了解释的说服力,实为精妙,令人叹服。

德富芦花

痛快承认，但拒不认错

德富芦花（1868—1927），59岁去世。小说家。其兄为著名的思想家、记者德富苏峰。德富芦花代表作有《不如归》《自然与人生》等。就读于京都同志社英文学校，因受基督教影响而酷爱托尔斯泰的文学作品，后在周游列国时曾拜访托尔斯泰，并将二人见面的场景记录于《顺礼纪行》一书中。

> 吾之心如吾之肚，实为空空如也。此信意味多有不明之处，望恕罪。

我们在闯祸之后，若想掩盖自己的错误，就不能有任何的自责与愧疚。一旦脑海中闪过一丝愧疚，就会让开脱变得含糊其词，从而让解释变成为自己找借口，引起众人的反感，甚至让自己陷入不利的境地。

德富芦花严格遵守这一原则。出版社认为他提交的书稿毫无逻辑❶，德富芦花写信对此回复，虽痛快承认，但也理直气壮地进行解释，并拒绝认错。

> 春意浓，怡然自得矣，君亦安否？吾之原稿确有不当之处，然此为填补空白之用，若杂录纳其，吾将不胜欣喜。吾之心如吾之肚，实为空空如也。此信意味多有不明之处，望恕罪。

大意如下：

"春意渐浓，心情愉悦，您近来可好？我寄送给您的原稿的确有些难登大雅之堂，但这只是为了凑字数而已，若您能够将其收录进杂

---

❶ 毫无逻辑：芦花寄送给出版社的书稿是《吾之初恋"自然"》这篇随笔，开头如下："'自然'，吾之初恋矣。大多数初恋都如同泡沫，昙花一现。唯独吾之初恋至死永存。勿以吾之炫耀而动怒。"这篇书稿从侧面证明德富芦花信中的解释实为隐藏于谦虚身后的傲慢。

第六章 ◆ 当各路文豪拖稿时：以欢喜之心慢度日常

记，我将欣喜万分。实际上，我已经尽力创作了，但是我的灵感如我的肚子一样，毫无内容、空空如也，请您原谅。此外这封信也毫无逻辑，望您海涵。"

信中提到的"心"即内心，在此代表创作灵感。"吾之心如吾之肚，实为空空如也"一句中无半分认错之意，反而用较强的节奏理直气壮地说出理由。其文风泼辣，让对方无法责备。

此外，"若杂录纳其""恕罪"等又显示出德富芦花的谦虚，这也是为了避免对方指责自己"明明知道这份书稿不可作为正式小说收录还执意提交"。

德富芦花在信中用词极为严谨、克制，显示出其所作所为并非有意为之，而是不得已而为之。

芦花代表作《不如归》的自序也是如此。

"可以痊愈的，肯定可以痊愈的。——人为什么会死呢？我想活下去！我想永远活下去！"这是书中主人公"浪子"的呐喊，也是这本书有力的代名词。明治后期，《不如归》大火，创下空前销量。第一百版纪念版本出版之时，芦花重新作序，在这里引用其开头和结尾供大家欣赏。

《不如归》迎来了第一百版，我也借校对重新翻阅此书……尽管个人能力不足导致内容仍有欠缺，但各位读者还是给予这本书莫大的支持。我想这完全是"浪子"的功劳，她亲自向各位读者展现了自己的故事，而我只是从他人口中听到了这个故事，并将其传达出来的传声筒而已。

明治四十二年（1909年）二月二日

《不如归》从问世起评论就两极分化，即使是出版到第一百版，也仍有许多人在不停地抨击此书。于是，德富芦花便极尽卑微，用"个人能力不足""传声筒"来表明自己的谦虚。

他将这本书销量火爆的功劳归于主人公，表示"都是主人公的功劳。我只是传达她的故事，我只是一个传声筒而已"。德富芦花在这里推辞的虽然是功劳而非责任，但是也不失为一个完美的借口。

德富芦花借序文传达了自己"微不足道"的作用，在一定程度上避免了读者对自己的攻击。

数百万名读者为这一借口买单，因此德富芦花的借口从这个意义上来说堪称完美、充满魄力。唯一美中不足的是，他为这个借口牺牲了自己。

在我看来，德富芦花的借口虽然看起来谦虚，但实则理直气壮。

有时谦虚也是傲慢的代名词，有时傲慢隐藏在谦虚的阴影下，盘桓于人们的内心之中。

北杜夫

深思熟虑，
替友投稿不忘照顾友人心情

北杜夫（1927—2011），84岁去世。小说家。日本著名短歌诗人斋藤茂吉次子。代表作有《在夜与雾的角落里》《榆家的人们》《独特的翻车鱼航海记》《雪白优美的峰峦》《曼波鱼大夫航海记》等。北杜夫虽终身饱受躁郁症折磨，但仍乐观面对人生。

> 至于小说恐怕会被"文学界"冷藏半年左右。
>
> 编辑们大多没有文学鉴赏能力。若无人在他们面前举荐……

我喜欢为大家介绍名人大家,或许是因为我能借此感受到自己身上所没有的名誉。但是介绍名人大家难度颇高,稍不留神,用词不慎,便会同时得罪双方。

北杜夫深谙介绍之道,他能周到地引荐、介绍他人,同时最大限度地保护双方。

北杜夫凭借《在夜与雾的角落里》获得"芥川奖",成为昭和年代极具代表性的作家之一。此后,他连续创作出《独特的翻车鱼航海记》等多部畅销书,完美地展现了自己充满智慧的幽默细胞。第二次世界大战结束前,北杜夫一直就读于旧制松本高中,也是在这里,他结交了一生的挚友辻邦生。辻邦生曾赴法国研究文学,留学时写下了《影》《城》等短篇小说。昭和三十五年(1960年),辻邦生34岁时将《影》《城》两部小说的书稿寄给北杜夫,希望北杜夫替自己送到出版社。当年,北杜夫荣获"芥川奖",在文坛上已小有名气。他读过辻邦生的作品后,写信表达了自己的感想:

> 《影》这部作品极具表现力和吸引力,我一口气全部读完了。这部作品的标题也取得非常好,我认为编辑也会十分喜欢。不过我更喜欢《城》,尤其是结尾部分更为精彩。

第六章 ◆ 当各路文豪拖稿时：以欢喜之心慢度日常

北杜夫读完后心满意足，并真诚地送上自己的读后感。但是，北杜夫无法确保出版社是否会喜欢辻邦生的作品，并在信中向他坦白。

至于小说恐怕会被"文学界"冷藏半年左右。

半年时间太过漫长，而当时北杜夫又已经小有名气，这很难不让人将其误解为北杜夫对辻邦生说出的借口。不过北杜夫继续在信中解释了自己这样说的理由。

编辑们大多没有文学鉴赏能力。若无人在他们面前举荐，则大概率不会一开始便选中你的书出版。我托人打听之后发现，即使是出版过一两次作品的新人作家也一般会被冷藏半年到一年的时间。

事实证明北杜夫所言不虚。辻邦生❶的短篇经过一年左右才最终问世。1961年，《近代文学》9月刊正式刊登《城》这部作品。

辻邦生最初收到北杜夫的回信后，难免会将其误以为北杜夫忙于私事不愿帮忙的托词，或误以为北杜夫在安慰并暗示自己作品难以出

---

❶ 辻邦生的回信：收到北杜夫寄到巴黎的信后，辻邦生的回信如下："你百忙之中认真阅读我的文章并表示喜爱，对此我万分欣喜……我托你帮我投稿实在是给你添麻烦了……我并没有期望一夜成名、一夜暴富……我丝毫不介意被冷藏半年到一年的时间。"

版。但是北杜夫另有其他真实目的。在信中，北杜夫通过贬低编辑的鉴赏能力来降低辻邦生的期待值。

想办法给对方泼冷水，降低对方的期待值，让对方提前做好心理准备，这虽然是为对方着想，但是有时会被误解为是一种托词，甚至还会遭到批评。因此北杜夫如此用语可谓勇气可嘉。

也正因如此，《城》出版问世之前，辻邦生才能安心度过漫长的一年，否则他一定会焦躁不安，而北杜夫也会因此于心不安。

志贺直哉

识人不明,
斩断关系深刻自省

> 之前我觉得他十分可怜，便向出版社推荐了他，但不承想他是如此没有分寸的人。

武者小路实笃曾因为好朋友志贺直哉说话过于有趣，一直计划为志贺直哉出书记录他的言行。

的确，志贺直哉风趣幽默，即使是日常琐事他也能讲述得绘声绘色，充满吸引力。他能敏锐地捕捉到身边发生的趣事，并将其写进作品里，吸引读者的注意，他也因此被称为"小说之神"。

昭和二十二年（1947年），志贺直哉64岁时，曾在出版社为自己的熟人谋得一份差使，后来由于种种原因，熟人遭到辞退，于是他写信表示自己识人不慧。信中的用词极为考究，充满魅力。

志贺直哉在信中表示叨扰对方，多有得罪。

> 那个家伙实在讨厌……明明刚刚进入出版社不久，却写信给我，仿佛他能够一个人撑起整家出版社。殊不知他这样的行为才是可笑至极……之前我觉得他十分可怜，便向出版社推荐了他，但不承想他是如此没有分寸的人。这件事给你和池田老师都带来了麻烦，不过他已经不值一提了。

可以看出，志贺直哉推荐的人自大无比，刚刚入社不久便弄得"仿佛他能够一个人撑起整家出版社"。的确应该好好地教育一下这样的自大狂，不过从信的内容来看，这个人个性鲜明，非同一般。

志贺直哉十分后悔并羞愧于自己向出版社引荐此人，在信中百般解释的行为又略显滑稽。

志贺直哉的第一个借口是"可怜"，表示"自己可怜那位自大狂，所以才会向出版社举荐。任何人都是感性动物，因此可以被原谅"。第二个借口是"不承想他如此没有分寸"，表示"任何人都无法做到一眼下定论。一般来说，我们都会在交往中慢慢了解一个人，不可能凭借第一印象便断定对方是好人还是坏人。因此自己可以被原谅"。

不仅如此，志贺直哉或许认为两个借口仍无法说服对方，于是用"他已经不值一提"来表示自己已经和对方一刀两断，不会再给他第二次机会，认定他是一个不折不扣的自大狂了。

志贺直哉旗帜鲜明地表示"我已经完全不会保护此人，我和大家的立场一样"，以此试图逃脱指责。

志贺直哉的信中不仅有为自己辩解之意，还隐含着自省之意。他一方面表示人类是感性动物，不可能一眼下定论；另一方面反省自己不应该如此感性，应该具备慧眼识珠的能力。书信的内容既表达出志贺直哉的愧疚，也反映出他的不甘，一下子拉近了志贺直哉与我们的距离，让我们看到了他普通人的一面。

不过，志贺直哉口中的自大狂下场如何，我们却不得而知。到底是被训斥还是被无视，抑或是功成名就而让志贺忌惮？这些都被淹没于历史的尘埃中了。

小林秀雄

直抒胸臆，
要求面见志贺直哉

小林秀雄（1902—1983），81岁去世。评论家。27岁时凭借作品《形形色色的图样》获《改造》杂志悬赏奖。书中写道：「文学评论已经成为我的毕生之梦，对此我从未动摇。」小林秀雄的观点成熟，作品平易近人，因而成为近代评论文学的先驱人物。小林秀雄一生当中留下了许多充满魅力的随笔以及评论作品，代表作有《给×的信》《近代绘画》《本居宣长》等。

> 每次欣赏音乐时，我都会感到痛苦的陶醉。当这种感觉消失时，我并不会想要结束生命。

被誉为"评论之神"的小林秀雄在27岁时发表作品《志贺直哉》，书中的第一行写道："志贺直哉让我写这本书，足以证明他对我的爱。"小林22岁时结交年长自己9岁的志贺直哉，将刊登自己作品的杂志送给志贺。在信中，小林秀雄抢在志贺直哉前面对自己的作品进行了评价。

久疏问候，近来可好？我给您寄送一本杂志，望您闲暇时翻阅。杂志里有我的一篇小说，尽管我已经尽力，但还是和以前一样未能充分理解全文内容，望您原谅，同时期待您的点评。

信中提到的杂志应为同人志《山蚕》，而小说则是《南瓜的笑容》。信中，小林秀雄表达了对作品的不自信，并表示正忐忑地等待"小说之神"志贺直哉进行评价。

之后便开始自嘲：

我深刻地认识到了创作小说时的自己有多么愚笨。

此时，小林秀雄处于创作家与评论家的过渡时期。信中，小林也对转型之路进行了说明。

第六章 ♦ 当各路文豪拖稿时：以欢喜之心慢度日常

每次欣赏音乐时，我都会感到痛苦的陶醉。当这种感觉消失时，我并不会想要结束生命。但是当我创作小说时，巴尔扎克和托尔斯泰口中那"小说家无限的兴趣"会成为压死我的最后一根稻草。

信中，小林秀雄认识到了自己对于创作作品兴致欠缺。

的确，小林秀雄的小说并不具有其评论作品中的伶俐，也缺少敏锐的洞察力，更缺少一种魅力。

小林秀雄的评论作品《莫扎特》中有我十分喜欢的一句话："莫扎特的悲伤迅速生根发芽，以至于流下的眼泪都望尘莫及。"其作品风格之凛冽，无疑是小林成为评论家之后的产物[1]。

小林心中苦闷万分，信中结尾写道：

听说您不日将来东京，无论如何请见我一面。

"请见我一面"的言外之意便是希望向志贺直哉当面诉说内心的苦闷。

若听闻自己尊敬的作家前辈不日来京，并且信中内容感情炽烈，

---

[1] 《给X的信》：这部作品是小林秀雄的随笔作品。书中描述了小林秀雄的人生观以及艺术观。小林秀雄完成这部作品时才30岁，刚刚结束与诗人中原中也的前任恋人长谷川泰子轰轰烈烈的爱情。书中用词大胆、辛辣，可谓小林秀雄的青春赞歌。书中写道："女人让我走向成熟。我此前一心想要蜗居在书旁理解世界，是女人打破了我这如同癞蛤蟆般的梦想。"

在日本，一般而言会在结尾表示不去拜访以节省对方的时间。但是小林秀雄反其道而行之，将信件内容作为向志贺直哉咨询谈心的借口，并希望志贺直哉能够原谅自己。

无论如何，小说之神与评论之神的书信交流篇幅虽短，但足以传达内心的真实意图。

也只有年少的小林秀雄直抒胸臆之后，年长的志贺直哉才能送上宝贵的点拨。

若书信冗长，对方恐怕会以"无须多言"大声喝止。

中堪助

困于错乱的记忆，
虽不明缘由但仍要道歉

中堪助（1885—1965），80岁去世。小说家、诗人、评论家。代表作有《银汤匙》，和辻哲郎评价这部作品『这既不是大人眼中孩子的世界，也不是大人记忆中孩提时代，而是孩子记忆中的童年』。

> 我是否曾经做过什么事情需要向您道歉或者解释？虽然我大致可以想象出缘由。

夏目漱石写给《朝日新闻》的一封推荐信，将《银汤匙》和中勘助一同推上了日本文坛的顶端。

"这是文学学士中勘助的作品，这是有关他八九岁时的回忆录。这部儿童小说兼备特色与品质，风格纯粹，值得推荐给《朝日新闻》。"

于是，中勘助由默默无闻的新人一夜成名，其作品时隔百年仍经久不衰。

神户教师桥本武用《银汤匙》代替语文教材，创造了所在学校被"东京大学、京都大学录取人数全国第一"的纪录。

《银汤匙》的开头写道："我的书房抽屉里放着一个很久以前的小箱子，里面有很多不值钱的小玩意儿——海螺、山茶果，还有很多儿时的玩具。但是我从没忘记这里面放着的一个奇形怪状的银色小汤匙。"——这本书被夏目漱石称为"八九岁时的回忆录"。但是书中到底有多少虚构的内容我们不得而知，不过作为小说来看，事实并不重要。

有时，我们会出于保护自己而创造遥远的记忆。有时，我们的大脑也会粉饰过去的事实。我们经常会改变自己的记忆，以此来美化自己。

编造的记忆也可以符合逻辑。尤其是身心健康的人，编造的记忆会尽可能减少不符合逻辑的部分，尽可能使其变得井井有条，有时会让我

第六章 ◆ 当各路文豪拖稿时：以欢喜之心慢度日常

们对其深信不疑，坚信这便是真实发生的事情。

但是当心理失去平衡时，编造的记忆有可能会陷入混乱。

中堪助曾经给许多人写信道歉。

> 冒昧打扰，我是否曾经做过什么事情需要向您道歉或者解释？虽然我大致可以想象出缘由，但是身边没有任何一个人可以证明我的想法，我也不知如何才好。若有得罪，请多多包涵。

昭和八年（1933年），48岁的中堪助向好友和辻哲郎寄出这封信后，同年又给志贺直哉寄去了类似内容的信❶。

没有一个人可以理解中堪助，也无人能懂中堪助的意图。中堪助仿佛陷入了错乱的记忆之中。

和辻哲郎与志贺直哉丝毫不记得中堪助有什么事情需要向自己道歉。其实中堪助自己的记忆也十分模糊，因此在信中只是问："我是否曾经做过什么事情需要向您道歉或者解释？"

那时，中堪助曾向"根岸派短歌会"派和歌作家、心理医生斋藤茂吉寻求帮助。其实只需告诉中堪助，这些都是由于心理原因虚构出来的记忆便可解决他的疑惑。

---

❶ 给志贺直哉的信：中堪助写给志贺直哉的信内容如下："我昨晚梦到你了，因此提笔给您写信。我是否曾经做过什么事情需要向您道歉或者解释？虽然我大致可以想象出缘由，但是身边没有任何一个人可以证明我的想法，他们的一致否认让我怀疑是不是有人对他们下了封口令。我也不知如何才好。若有得罪，请多多包涵。"

183

但是我们有时会想，这可能是内心深处的愧疚以及罪恶感在潜意识中提醒自己，而中堪助的书信正是直面潜意识的表现。

与人交往，我们会为他人提供帮助，同时也会给他人造成伤害。给他人造成伤害之后，我们的内心一直希望能有机会向他人解释，说明那些无心之失。

中堪助的书信正是将其付诸实践。可以说，这封书信代表了我们内心的想法，也代表了道歉的冲动。

因此，这封书信表达的含义正是"我和周围的人都不记得我曾经的无心之失，因此这封道歉信看起来有些不明就里，反而会给您增添烦恼，还请您原谅我。但是尽管我不记得曾经的错事，但借此机会，我为自己曾经的失态、失误、失礼、粗鲁道歉"。

中堪助的道歉和解释放到现实世界中毫无章法，甚至可能不被理解，但其中蕴藏的感情却无比动人。

第七章 借口大师夏目漱石

淡看人间三千事

夏目漱石

欠债也高傲,自行决定还款方式与日期

夏目漱石(1867—1916),49岁去世。小说家。代表作有《我是猫》《心》《玻璃门之中》等。与森鸥外一起被誉为『文坛双璧』。夏目漱石是少有的情感关系单一的作家,是众多学生以及后辈的榜样。

> 一想到这四个孩子将要接连嫁人，我便被巨大的经济压力压得喘不过气来……
>
> 我打算每次还10日元。

曾经有一位恩人向我借100万日元作为周转资金，我当即便答应了这个请求。恩人实为豪迈大方，对我说："虽然我向你借钱，但是并不希望因为这件事破坏我们之间的关系。"不管是借钱之前还是之后，这位恩人对我就像亲生父母一样，从未有丝毫改变。

当我向周围人讲述这件事时，他们大多不以为然。但是对我来说，恩人向我借钱之后，我难免感觉不适，是恩人的这句话拯救了我。

因此，当我读到夏目漱石的信时，我强烈地感受到了他与恩人之间的相似性，不禁会心一笑。

明治三十九年（1906年），39岁的夏目漱石向前辈菅虎雄[1]借了100日元。

同年1月14日，夏目漱石给菅虎雄寄去了一封书信。

> 我打算每次还10日元，预计于今年全部还完。

当时的10日元大抵为如今的10万日元。其实我们很难想象借款

---

[1] 菅虎雄（1864—1943），79岁去世。旧制高中德语教师、书法家。与漱石同样毕业于东京帝国大学，是漱石的学长。菅虎雄一生都很照顾夏目漱石，曾为他介绍松山中学以及熊本五高的教师职位。菅虎雄擅长书法，夏目漱石去世后曾为其墓碑题字。

第七章 ◆ 借口大师夏目漱石：淡看人间三千事

人自行决定每月的还款金额，甚至决定还款日期，这在一般人看来是不合情理的。

实际上漱石在写下这句话之前，还做了一系列铺垫。

> 去年年末，我家迎来一条新生命，又是一位女孩。这下我家真的成了女孩专业户了。一想到这四个孩子将要接连嫁人，我便被巨大的经济压力压得喘不过气来。我必须要好好赚钱。去年12月以来，家里因为各种事情前前后后花出去300日元。不过幸好我还有版税可以弥补一下亏空。真是花钱如流水。

虽然看起来夏目漱石只是单纯地在汇报自己的近况，但其实是在为"每次还10日元"做铺垫。

不过对于一般人来说，这个借口可能不被接受。

"虽说你有四个女孩子，但长女笔子今年也不过7岁而已，嫁人之日更是遥遥无期。你未雨绸缪，现在为将来做打算是万分周到的，但是这毕竟与我无关，而且我也没有必要知道你去年12月支出300日元的事情。"

然而，菅虎雄却不会这么想。一是因为100日元对他来说不过是九牛一毛；二是因为二人关系亲密❶。

---

❶ 漱石与菅虎雄：菅虎雄曾以"夏目的书信"为主题接受采访。他说："其实我现在没有保存多少夏目漱石的书信。这正是因为我们二人感情深厚，在他生前才不会特意珍藏他的书信。"从采访中可以看出二人关系亲密，也能让我们感受到菅虎雄大气爽朗的性格。

菅虎雄十分欣赏夏目漱石的不拘一格。他十分欣赏夏目漱石为还钱找借口的样子。有时卑微地一一说明反而表示二人关系不够亲密。

其实，夏目漱石只不过是用借口来表明自己一定会还钱的决心，这一点与我的恩人有些相似。

夏目漱石主动向债主解释自己的还钱计划，反而在一定程度上消除了债主的内疚。说来奇怪，有时债主反而对催款一事难以启齿，会产生一种内疚和罪恶感，恐会令对方的生活雪上加霜。因此夏目漱石的这封信反而是察觉到了债主的心理，为债主解忧的一个举动。

不过，夏目漱石信中的内容绝不可照搬照抄，需要分场合、分对象使用。若关系还不够亲密，就使用了漱石或我恩人的办法，反而会招致骂名。

夏目漱石

卧病在床,
怨妻仍不忘温柔

> 这可能是我生病时神经过于脆弱。

夏目漱石曾在一封信中写道："在我看来，有力量的评论文章既不会使读者神经紧张，又能让人在愉悦接受的同时心悦诚服。"这句话即使将"读者"换成"对方"，将评论换成"建议""忠告""抱怨"也同样成立。

其实我们的语言既可以冷酷无情，也可以做到让人如沐春风。

夏目漱石为人处世思虑周全，从不会让人难堪。他在住院时给妻子写的书信便很好地印证了这点。

43岁时，夏目漱石因胃溃疡吐血，不得已住院疗养。他在病床上给自己33岁的妻子镜子[1]写了一封信：

　　昨天你告诉我给大夫送礼时有很多不周到的地方，我听后十分烦心，直到今天早上仍不能平复。

"不周到"表示妻子在送礼时礼数不周。接着夏目漱石表示希望妻子能够在自己生病期间打理好一切，并在信中说明了理由。

---

[1] 夏目镜子（1877—1963），86岁去世。夏目漱石之妻。在19岁时与29岁的漱石结婚，当时漱石认为镜子虽然牙齿不整齐但仍开朗大笑的样子十分迷人，而镜子则是看中了漱石帅气的外表。虽然坊间人人皆知漱石与镜子关系不睦，但实际情况却无人知晓。二人一共育有7个孩子，长女为夏目笔子。

第七章 ◆ 借口大师夏目漱石：淡看人间三千事

> 现在对我来说，最好的养病方式便是静养，安心静养。单单是按时喝药、按时休息，并不能达到养生的效果。听到烦心事，事情未能按自己的预期发展，或是心生不快，极其不利于病情好转，甚至比不按时吃药、偷吃零食的后果还严重。

这一段文字整体较为严肃，但是最后一句巧用"偷吃零食"来缓和氛围，可以看出夏目漱石批评对方时并没有忘记照顾对方的情绪。接着信中继续表明：

> 当前对我来说，只要不担心住院费用、顺利出入病房、从早到晚安心静养……身体逐渐好转、食欲逐渐恢复，便已经心满意足了。这可能是因为我生病时神经过于脆弱，但事实便是如此。

夏目漱石列举了自己不愉快的理由，有住院费、病房紧张、食欲不振等。若只说明这些可能会让对方感到压力，因此又加上"生病时神经过于脆弱"（人生病时难免任性，无须多想倾听即可）来平衡严肃的氛围。

不仅如此，夏目漱石还在书信结尾补充说明：

> 人世间烦心事无数。……只有在生病时才能暂时喘口气休息一下。因此，若生病时还在为各种事而担忧简直是荒谬至极。这场病对我来说可谓十分难得，因此请让我安心享受这段时间，唯望幸许。

"这场病对我来说可谓十分难得"一句话不可谓不妙。其实对漱石来说,难得的并不是生病,而是"借这场病可以好好休息",因此休息是漱石极为看重的一个方面。

这封信虽是抱怨妻子,但是漱石在信中解释周到、用词风趣幽默,并没有给妻子造成心理压力,同时也很好地传达了自己的不满。

夏目漱石

陌生人来拜访,
特地写信降低期待值

> 我自认为我不值您不远万里前来拜访。

如今，挂门牌的人越来越少，名人更是对门牌避而远之。一来是为了防止骚扰，二来可以有效避免摁门铃的恶作剧。

不过在夏目漱石生活的那个年代，门牌文化盛行。他当时居住在早稻田南町，这里也是他的书房。经常会有陌生读者来拜访他，有时漱石会热情地招待，有时因为过于繁忙只好谢绝见面。

大正三年（1914年）十一月，一位35岁左右的女性前来拜访，但不巧漱石因事外出不在家中，于是此人留下自己的住址便离开了。当时漱石已经47岁。他在38岁时凭借《我是猫》登上日本文坛之后，连续出版《虞美人草》《从此以后》《心》等多部畅销作品，成功地奠定了自己不可动摇的地位。

大正三年可谓夏目漱石的事业巅峰之年，他的工作应接不暇，但夏目漱石还是特地写信回复了这位女性。漱石在信中也说明了给予回信的原因，是因为"清秀的您的字条"。但是漱石的表述过于模糊，无法确定到底是因为女性长相清秀还是字迹清秀，抑或两方都很清秀。不论如何，夏目漱石都从那个字条中感受到了她的魅力。

此前您特地来访，不巧我因事外出，让您白跑一趟实在抱歉。感谢您喜欢我的作品，不过有时人们虽然喜欢某个作家的作

第七章 ◆ 借口大师夏目漱石：淡看人间三千事

品，认为作品十分有趣，但真的与作家本人见面后反而会大失所望。因此我只读古人的作品。我可以与您相见，不过我自认为我不值您不远万里前来拜访，还请您不要对我抱有过高期望。不知道您因何事与我见面，还是只是想单纯地见我一面，我不知道自己能为您提供何种物质或精神上的帮助。我读了清秀的您的字条之后大为震撼，请原谅我书信字迹潦草。

虽然夏目漱石在信中极为保守，但是能看出他是希望与这位读者见面的。书信大意与漱石的真实想法如下：

"有时我们认为一部作品有趣，但是与作家本人见面之后却会大失所望，我也不例外。因此我喜欢古人的作品。我不介意您来拜访我，但是我觉得我并没有什么价值能让您不远万里前来拜访。我不知道自己能为您提供何种物质或精神上的帮助，希望您不要介意。"

这封信不是打消对方念头的拒绝信，而是降低对方期望值的预告。漱石通过这封信提前为自己上了一份保险。

若两人见面后，对方对自己大失所望，那么对方便会想："原来夏目漱石真如信中所写，不值得自己期待。我之所以失望并不是夏目漱石老师的问题，而是因为自己没有听他的忠告罢了。"

我们从夏目漱石这封信中可以看出，有时一个人越找借口，越不会拒绝对方，反而大概率会答应对方的请求。

人间清醒：淡看人间三千事

  收到漱石的来信后，想必这位女性会将其当作是漱石对自己的邀约，满心欢喜地再次拜访漱石❶。

---

❶ 后续：这名女性实际上数次去早稻田南町拜访夏目漱石。这名女性向漱石诉说自己悲惨的遭遇，向漱石寻求人生箴言。后来，漱石将这段经历收录进《玻璃门中》（6—8）中，向读者讲述了这段故事。"听完她的话后，我也深感痛苦和无奈。她向我发问：'若是老师在写小说时，会给这样的女人安排怎样的结局？'我一时语塞。她继续发问：'老师是会让她以死亡解脱痛苦呢，还是会让她继续痛苦地活下去？'我的回答是两个结局都有可能。她听后神情一黯，似乎并不满意我的回复。她继续向我索要一个确切的结局，但是我实在无能为力。"
（节选）

夏目漱石

道歉不生分,尽显文豪风范

> 因此想必也不会对你造成什么影响。

有一次，一位朋友突然到访，但不巧当时我正在接待客人，朋友只得在门口寒暄几句便匆匆离去。由于我跟朋友许久未见，他特地来访，我却未能好生招待，于是当晚特地打电话致歉。结束通话后，我却突然感到十分愧疚。因为朋友和客人与我都是时隔许久未见，虽说有先来后到一说，但我特地打电话进行道歉更加凸显了我的差别对待。我的那通电话可以说是画蛇添足。

的确，有时我们的解释和借口只会越描越黑。

不过，夏目漱石却能将可有可无的借口发挥得淋漓尽致。这一点从他给得意门生寺田寅彦的书信中便可见一斑。

在进入正题之前，我们有必要了解一下寺田寅彦和夏目漱石之间的关系。

物理学家、随笔作家寺田寅彦可谓夏目漱石心中排名第一的得意门生。漱石29岁时到熊本县第五高中任教，负责的正是寺田寅彦所在的班级。当时寺田寅彦只有17岁，却对科学以及文学表现出了极其浓厚的兴趣，他师从夏目漱石学习俳句，二人的师生情进一步加深。夏目漱石是寺田寅彦生命中独一无二的人物。寺田曾在《追忆夏目漱石老师》中记录了自己对老师的情感。

> 当我遭遇挫折、心情沉重时，只需与夏目老师见面聊一聊，

第七章 ◆ 借口大师夏目漱石：淡看人间三千事

便可得到放松。当我遭遇不公、内心苦闷之时，只需见到夏目老师，内心的阴霾便可一扫而空，我也能获得力量重新投入工作当中。夏目老师可以说是我的精神食粮，也是治愈我内心的良药。

明治三十七年（1904年），寺田考取东京帝国大学研究生后，曾在大学里兼任讲师。当时，他频繁地去东京文京区千驮木拜访漱石。而漱石当时刚刚从英国留学归来，担任东京帝国大学的讲师，《我是猫》此时还未问世。

寺田是夏目漱石的得意门生。他学问水平高超，为人踏实可靠，在夏目漱石的心中占有极为重要的位置。因此夏目漱石允许他随时来家中做客，无须提前预约，这份待遇在夏目漱石的学生中也是独此一份。当漱石家中有其他客人时，寺田便在漱石家自行睡午觉，然后再回到学校。

夏目漱石也不会特地招待寺田寅彦。不过夏目漱石还是写信给寺田解释这样做的理由。

你最近来的时候我总是在招待客人。不过你每次来我家肯定都是不想学习的时候，因此想必也不会对你造成什么影响。

夏目漱石通过恰到好处的玩笑表达出对寺田的关心。"其实你来我家并不是为了见我，只是想躲避学习罢了。因此我有时忽略你也并不为过。"信中，漱石虽然没有道歉，但是却在最大限度上安慰到了寺田寅彦。

只有夏目漱石才能在解释中承载浓厚的情谊，只有夏目漱石才能拥有此类绝技。

夏目漱石

大事化小,
以笔误掩盖记忆差错

> 我并非忘记你的名字，仅仅是笔误而已。

作画似乎有利于身心健康，画家一般较为长寿。北斋享年88岁，大观享年89岁，毕加索享年91岁。

夏目漱石享年49岁，虽不能算作长寿，但是明治三十七年（1904年），在他37岁时，他也曾靠作画来缓解精神压力。

明治三十三年（1900年），夏目漱石奉日本文部科学省之命作为第一批公费留学生前往英国学习英语。留学生活虽然只有两年半，但他在这期间精神衰弱，极为痛苦。留学归来后，漱石经常在明信片上作水彩画，有时是人物，有时是风景，有时是漫画，有时还会模仿名家的作品，然后将明信片寄给关系亲密的朋友。

他经常在明信片上随手写下一两句话，比如：

我对着镜子为自己作画，果然风流倜傥，英俊潇洒。

明信片上画的人物确是留着胡子的漱石，但是稍显萎靡不振，眼神呆滞，让人看后不禁发笑。

此外，他还将自己画的称不上美女的"美女"寄给朋友，并写道：

本想呈现一幅佳作，但不幸未能成功。

"我的这幅画失败了，简直不堪入目，可能有些侮辱你的审美。

第七章 ◆ 借口大师夏目漱石：淡看人间三千事

我本来是想送你一幅赏心悦目的作品的，但不幸未能成功。看在我心意的份上，请你不要计较。"可以说这也是漱石的一个借口。

以上两张明信片的收信人都是田口俊一。他是夏目漱石亲密无间的好朋友。

按理说，夏目对他肯定是万分了解，但后来在寄明信片的时候，漱石将田口俊一的名字写成了"田中俊一"❶。于是田口写信表示抗议，称"您真是贵人多忘事，我不是田中，而是田口"。

收到信后，漱石立马在明信片上作画，写上自己的解释后寄给田口。

我并非忘记你的名字，仅仅是笔误而已。

意思便是"我怎么会忘记你的名字呢，只不过是不小心写错了而已。'口'和'中'仅有一笔之差，一不小心……对不住，对不住"。夏目漱石用笔误来为自己辩解、开脱，试图大事化小、小事化了。

除夏目漱石之外，还有一位著名的政治家在忘记对方姓名时也用过类似的借口为自己开脱。

政治家："您叫什么来着？"

---

❶ 粗心大意的夏目漱石：漱石迄今为止留存下来的书信共有2500多封。其中，漱石将自己的名字写错的书信不在少数。一般情况下，漱石很少会写错自己的名字，但是他多次将"漱"字的欠字旁写成反文旁。

205

对方:"我叫铃木啊,您可真是贵人多忘事,令人心寒。"

政治家:"我当然记得您的姓氏,我只是想知道您的名字而已。"

在这里,政治家故意用含混不清的问句引起对方误解,从而掩盖自己忘记对方姓名的尴尬。

夏目漱石

暂存他人书信不幸被盗,
写信道歉有理有据有节

> 我家中的防盗措施已经是完备之至，只能希望小偷不要再做此类偷鸡摸狗之事了。

当弄丢他人暂存之物时，我们会怎么做呢？一般来说，我们首先会真诚道歉，然后详细说明事情经过，最后保证这样的事情不会再次发生。

夏目漱石也是如此。学生将珍贵的书信交给自己，但不幸被盗贼偷走，夏目漱石也按照这个方法写信道歉。

夏目漱石在东京帝国大学任教时，许多学生慕名而来，因此他的课场场爆满，中川芳太郎便是其中一人。有一次，他将朋友铃木三重吉的信交给漱石。铃木三重吉是夏目漱石的忠实粉丝，信中自然是写满了对漱石的崇拜之情。他后来创办了日本历史上首个儿童文学杂志《红鸟》❶。收到信后，夏目漱石认真阅读，并给中川回信。夏目漱石本名为夏目金之助，因此回信中他沿用了铃木三重吉对自己的爱称"小金"。

    三重吉在信中用极长的篇幅描写了我，令我十分感动也十分震惊。在他的信中，写我所占的篇幅远远多于他的父亲。他的书

---

❶《红鸟》：铃木三重吉在35岁时创办的儿童杂志，用来刊登童话和童谣。杂志上发表过的童话故事有芥川龙之介的《蜘蛛之丝》《杜子春》，岛武郎的《一串葡萄》，新美南吉的《小狐狸阿权》等。童谣有北原白秋的《枸橘花》，西条八十的《寂寞呀》等。这本杂志刊载过许多作家的成名作。

第七章 ◆ 借口大师夏目漱石：淡看人间三千事

信有两丈长，而小金自己便独占一丈有余。我从来没想过自己会在学生心目中占有如此重要的地位。他在信中对我详尽描述，对我大加赞赏，他的语言是如此真挚，没有一丝夸张也没有一丝阿谀奉承，更没有此前文学家身上的那种虚情假意。我在此真诚感谢铃木三重吉对我的喜爱。

漱石对铃木三重吉的书信赞不绝口。但这之后不久，三重吉的书信便被小偷偷走，消失不见了。漱石只好给中川写信道歉。

若小偷将这封信带走，将其作为天下至宝珍藏起来，我也便就此作罢。但是这封信是铃木写给你的，你借我一看，我却将其弄丢，实在是万分抱歉，还望你能够原谅。虽然我想向你保证以后会提高防盗意识，但是我家中的防盗措施已经是完备之至，只能希望小偷不要再做此类偷鸡摸狗之事了。

铃木三重吉的书信约两丈，如此宝贵的书信被小偷盗走，夏目漱石一定十分心痛，也万分愧疚。但当他表决心保证会努力杜绝此类事件时，他却发现"家中的防盗措施已是相当完美，只能从小偷的意识下手改进"。漱石明确点出自己也是受害者，以期获得中川的理解。

可以说，夏目漱石的解释十分精妙，语言风格也十分轻松。当我们遇到此类事件时，也可以向夏目漱石学习，道歉的同时把握好责任范围，不要为他人的错误买单。

此外，漱石还在信中安慰自己、中川和铃木，写道："若小偷看到书信内容，也会被这种美好的情感所打动，说不定会将这封信发善心送回来。没准几天之后这封信会自己出现在我的视野范围内。"然而，这封信最后还是没有如漱石所想回到他的身边。

夏目漱石

被催作俳句,
无奈之下拿神灵挡枪

> 俳句之神离我远去，我实在毫无灵感。

喜爱打高尔夫球的人一定会有这样的感觉：去往高尔夫球场的车上常常上演"借口盛宴"。

这是由于大家都会提前为自己的表现不好找寻借口、推卸责任。有人会说昨天熬夜加班了；有人会说最近没有练习；有人会说还没熟悉新换的球杆……总之，我们在那儿会听到各种各样的借口。

高尔夫球的起源地英国甚至还有书专门收录了这些借口。

大文豪夏目漱石虽然不打高尔夫球，但是他曾加入俳句社团[1]，会不定期地提交自己所作的俳句并请主办方点评。因此，每次提交时夏目漱石都会提前找好借口为自己的表现不佳开脱。

明治三十六年（1903年），彼时的漱石还没有专心从事文学创作：

> 白扇会特地寄来稿纸，然我所提交的俳句皆为烂作，让您见笑。近来我疏于练习，水平大幅下滑，望您海涵。

"白扇会"是漱石加入的俳句社团，"烂作"便是漱石自认为难登

---

[1] 夏目漱石的俳句：（1）愿如紫地丁，生为渺小人。（2）问荆无言语，只是年年长。（3）辞旧迎新际，爱猫仍在膝。（4）秋天小河边，捡得一白石。（5）虽不知你名，野草已开花。（6）君拂琴上尘，秋天自有声。

第七章 ◆ 借口大师夏目漱石：淡看人间三千事

大雅之堂的作品。在这里，漱石的借口是"若认真练习便会有所提高，但最近疏于练习，导致所作俳句不堪入目"。"虽无能，也为人师，心下悲"便是这次漱石提交的俳句之一。

同年，漱石又给白扇会写信，表示自己甚至都无法创作出低水平的俳句。

> 近日收到社团催促我提交俳句的书信，然最近俳句之神离我远去，我实在毫无灵感，只得暂时停止创作，还望原谅。

彼时，漱石刚刚从英国留学归来，十分厌倦教师行业，内心也疲惫不堪，毫无精力创作俳句。但是，如果将真实理由告知社团，便会无形中让对方感到内疚，因此才采用"俳句之神离我远去"一句来维持轻松愉悦的氛围。

诗歌创作的确需要灵感，因此对方收到信后想必会会心一笑。

两年后，明治三十八年（1905年），38岁的夏目漱石在《杜鹃》杂志发表的《我是猫》大获成功。杂志编辑高滨虚子[1]写信催稿，收到信后，漱石又以其他借口进行回复。

不夸张地说，俳句诗人高滨虚子可算是夏目漱石的贵人。他慧眼

---

[1] 高滨虚子（1874—1959），85岁去世。俳句诗人、小说家。与河东碧梧桐一起师从正冈子规学习俳句。后接手杂志《杜鹃》成为主编，发掘并培养了众多俳句诗人。俳句作品有《虚子俳句集》《五百句》等。小说代表作有《俳谐师》《续俳谐师》《两个柿子》等。

识珠选中《我是猫》并要求连载,还仔细推敲书稿进行修改。甚至可以说,如果没有高滨虚子,漱石以及《我是猫》可能永远不会为人所知。夏目漱石与高滨虚子互相尊重,互相学习,坦诚相待,毫无保留。

于是,漱石在给高滨虚子的回信中写道:

> 14日提交书稿实在困难。时间太过短暂,以至于诗歌之神都没办法帮助我。

与"俳句之神离我远去"相比,漱石对这封信中的借口更为信手拈来。这也许是因为《我是猫》的成功给他带来了莫大的信心。

尽管漱石的借口略显狡猾,但不会让对方心生不快。漱石用词风趣幽默,让对方心下了然,从而为自己赢得了写作时间。

此外,高滨虚子催促漱石提交《我是猫》❶续稿,但漱石在借口中特地使用"诗歌之神"进行回复,也从侧面表现出漱石的含蓄。漱石用"诗歌之神"来表明,即使是散文,如果没有诗歌的情趣,也不能称为富有魅力的文章。

夏目漱石的借口不仅不是华而不实之言,还充分利用文章的写作精髓说服对方,进一步提高了借口的说服力。

---

❶《我是猫》开头:"咱家是猫。名字嘛……还没有。哪里出生?压根儿就搞不清!只恍惚记得好像在一个阴湿的地方咪咪叫。在那儿,咱家第一次看见了人。而且后来听说,他是一名寄人篱下的穷学生,属于人类中最残暴的一伙。相传这名学生常常逮住我们炖肉吃。"

夏目漱石

不明缘由遭骂,
写信解释巧妙反抗

> 小宫这人呆头呆脑，还请您不要跟他一般见识。

夏目漱石在《心》中借"先生"表示，"希望将自己的过往经历，不论好坏，都展示出来供人们参考"。大正三年（1914年），夏目漱石在自己47岁时完成了这部作品，并凭借这部作品彻底确立了大文豪的地位。

也是这一年，30岁的田村俊子❶——这位刚刚出道不久的女作家，让这位大文豪在信中险些失态。

田村出生于浅草，自由奔放，是地地道道的东京姑娘。明治四十四年（1911年），她凭借《放弃》这部作品荣获大阪《朝日新闻》悬赏小说一等奖，从此正式开始文学创作，并由此与《朝日新闻》有所往来。

漱石进入《朝日新闻》工作后，一边进行小说创作，一边负责文艺专栏❷的编辑工作，具体的编辑工作由漱石的学生负责。小宫丰隆负责田村作品的编辑工作，他和田村一样刚刚进入而立之年。

不承想，有一天田村给漱石寄来一封投诉信，不留情面地投诉了漱石和小宫。于是，漱石写信回复：

---

❶ 田村俊子（1884—1945），61岁去世。小说家、演员。肄业于日本女子大学，后师从幸田露伴进行文学创作，22—26岁一直从事演员工作。她凭借独特的创作美感收获了大批粉丝，许多评论家对她的评价都是"奢侈、享乐、铺张"。

❷《朝日新闻》文艺专栏：明治四十二年（1909年），夏目漱石创立文艺专栏，亲自进行编辑，刊登文艺、美术、音乐、话剧等各个领域的评论、随笔等。

第七章 ◆ 借口大师夏目漱石：淡看人间三千事

您的来信已收悉。不知小宫跟您说了什么导致您如此不快，不管怎样都要跟您说声对不起。小宫这人呆头呆脑，还请您不要跟他一般见识。我从没对小宫说过"这是你的毛病"这类话。我有责任向您原原本本地说明我对您书信的评价，我也不会觉得麻烦，但是这样一来，简短的书信便会成为长篇大论，变得啰里啰唆。若今后有机会与您相见，我定会有问必答知无不言。就此搁笔。

信中，漱石首先代表小宫向田村道歉，接着解释自己从未批评过田村，并且希望田村不要把小宫的话当真。但是漱石的表达方式暗含"你啊你，小宫这人呆头呆脑，怎么能把他的话当真呢"之意。

书信内容对于夏目漱石来说有些过于潦草，表达方式也有些过于粗鲁。将小宫简单断定为"呆头呆脑"，试图以此匆匆了事。而无论怎么批评人渣都无济于事，因此漱石试图通过这一借口来结束书信内容。

然而，漱石仿佛觉得不够满足，因此接着做出说明。

"我从没对小宫说过'这是你的毛病'这类话，我可以在这里原原本本地复述对你书信的评价，我有这个义务，也不会推辞。但是长篇大论的书信过于浪费时间，若今后有机会见面，你还怀恨在心，我那时再对你解释也不迟。"

漱石虽然在信中表示为了解开误会，自己有义务向田村说明情况，也不会推辞，但从书信内容来看，漱石先生多多少少有些生气了。

"太麻烦了,要是都写进信中就是'浪费'时间。虽然不知道我们何时见面,不过见面的时候你还生气,那我就再对你详细解释"。不仅如此,漱石用"就此搁笔"草草结束。

漱石从未用过这个结尾方式,即使是关系再亲密的朋友,漱石也不会省略书信礼仪,一般都会用"草草不尽,恕不多写"等结句。

因此,漱石正是通过这样的结尾方式以及不走心的借口来传达自己的不满。

这封信虽然是解释信,但实质上却是一封反驳信。漱石通过这封信表达了"黄毛丫头,想要解释就来找我,我严阵以待"之意。

漱石告诉我们,借口的质量通常可以完美地掩盖自己的真实意图。

后序

因为这本书，我长期以来一直在思考"解释与借口"，因此发现我们的日常对话中总是隐藏着解释与借口。

本书中介绍的芥川龙之介的人生箴言集《侏儒的话》便是如此。侏儒便是"小人"，在日语中有"才干和度量小"之意，而"箴言"又特指警世名言。

因此，《侏儒的话》这个书名本身就隐含着解释与借口："我甚知自己的无知，但是仍要向大家传达我眼中的警世名言。请大家不要因此批判我，这只不过是无知的我在喃喃自语罢了。"

芥川龙之介的老师夏目漱石也曾在信中写道：

> 在被他人批评之前，先进行自我批评，这才是真正的豁达。

"漱石"意为"坚固的石头"，夏目金之助取"漱石"为笔名正符合他坚强的意志。因此，他欣赏在被他人批评之前先进行自我批评的做法。他的学生芥川龙之介也继承了这一思想，因此才会对自己的作品先抑后扬。

这样的做法不仅可以避免他人对自己的批评，同时还能以谦虚的姿态获得他人的肯定。

"解释与借口"即自我辩解。若辩解说服力过小，容易被误认为是推脱责任，只有具有一定的说服力，才能被认为是解释与说明。

芥川龙之介在《侏儒的话》中就自我辩解进行论述，在这里稍加引用：

要想获得言行一致的美名，要擅长为自己辩论。

所谓言行一致，便是言语与行动具有一贯性，这样会得到大众的认可与赞扬。芥川龙之介的观点是，我们为了获得这样的美名，就要擅长为自己辩论。的确如此，我深表赞同。

当收到催稿信时，坂口安吾在回信中也曾利用解释与借口来证明自己言行一致：

来信已收悉。我经常无法按时交稿，给您添麻烦了。这正是因为我过于重视您和出版社，才会不断推敲，导致书稿一再拖延，还望海涵。

坂口安吾将自己拖稿的原因解释为"过于重视您和出版社，才会不断推敲"，试图消除对方对自己言（理想）行（现实）不一的印象。

后序

虽然坂口的解释在这里略显滑稽，不确定最后是否成功说服了对方，但是对方在看到这个借口后肯定会不禁苦笑。至少，坂口的解释维持了双方的和平关系。

恰到好处的解释可以用来弥补言行不一、心口不一，也可以略微平息对方的怒火，缓和双方剑拔弩张的紧张情绪。

其实，解释与借口既可以作为为自己开脱的一种手段，也可以作为接近对方的一种方式。这两方面看起来十分矛盾，若我们能像这些大文豪一样可以成功平衡二者之间的关系，或许我们也可以进行完美的解释。

此外，芥川龙之介在作品《侏儒的话》中还写道：

圣人云："桃李不言，下自成蹊。"其实"下自成蹊"的原因并不是"即使桃李不言"，而是"正因桃李不言"。

"桃李不言，下自成蹊"原意是"桃树、李树不会说话，但因其花朵美艳，果实可口，人们纷纷去摘取，于是便在树下踩出一条路来"，比喻为人真诚笃实，自然能感召人心。在芥川龙之介看来，人们之所以慕名而来，原因不是"即使桃李不言"，而是"正因桃李不言"。

有时，保持沉默才是较为明智的做法。

解释与借口一方面可以为自己与他人辩解，另一方面也有降低人品之嫌。此外，若不恰当地使用借口，会立马让自己的人品受到质疑，破坏自己的形象，最后激怒对方。因此在使用解释与借口的时候，一定要多加注意。

希望通过本书，各位读者都能正确地使用解释，正确地运用借口。

中川越

平成三十一年（2019年）三月